Tiras - The Thracian Script Code

Deutsche Ausgabe

Über den Autor:

Mark Philipp, Jahrgang 1975, lebt mehrere Leben gleichzeitig:
Der gebürtige Korbacher lebt und arbeitet vorwiegend in Deutschland und Bulgarien. Als Teilhaber einer Kosmetikfirma und Geschäftsführer einer Internet-Firma findet der gelernte Physiotherapeut und ehemalige Dozent für Anatomie und Physiologie noch Zeit für neue Projekte.

MARK PHILIPP

TIRAS

Deutsche Ausgabe

Impressum:

Copyright 2006 by Mark Philipp

Herstellung und Verlag : Books on Demand GmbH

Norderstedt

ISBN 10:   3-8334-6612-X

ISBN 13:   978-3-8334-6612-0

Bibliografische Information Der Deutschen Bibliothek:
Die Deutsche Bibliothek verzeichnet diese Publikation in der
Deutschen Nationalbibliografie; detaillierte bibliografische Daten
sind im Internet über http://dnb.ddb.de
abrufbar.

Für Astrid und Teddy ...

„...und nachdem er (Darius) auf ein Schiff gestiegen war, fuhr er zu den sogenannten Skythen, welche früher hier umherschweiften, wie die Helenen berichten. Er blieb auf dem Kap stehen und betrachtete den Ponte, welcher wirklich bis jetzt das Anschauen wert geblieben ist. Weil er das herrlichste von allen Meeren darstellt."

Herodot

Kapitel 1

❁

Airport Burgas stand auf dem Schild, an dem Max gerade mit dem Fenster der Bulgarian Air Maschine aus Paderborn vorbeifuhr. Sein Nacken war stark verspannt wie nach jedem Flug, aber seine strahlenden Augen und sein frisches Lächeln verrieten die gute Laune, die er seit Wochen sprichwörtlich zur Schau stellte. Seit der Zusage des Archäologischen Institutes der Universität von Burgas für seine sechsmonatige Praktikantenstelle freute er sich auf Sonne, Meer und Urlaub, verbunden mit etwas Arbeit am Institut. Die Vorbereitung auf sein Zwischenexamen hatten ihn mehr in Anspruch genommen, als er es eigentlich geplant hatte. Monatelang hatte er sich in seine Wohnung zurückgezogen und altägyptische Texte übersetzt, Zeittafeln auswendig gelernt und Prüfungsfragen der Vorjahre abgearbeitet ohne die er wahrscheinlich durchgefallen wäre, was seinem Vater sicherlich gefallen hätte. Er war von Anfang an gegen das Archäologiestudium in Marburg gewesen. Er wollte ihn in seiner Bank sehen, als seinen Nachfolger. Nur aufgrund der Überredungskünste seiner Mutter hatte sich sein Vater zur Finanzierung des Studiums bereiterklärt, mit der Bedingung es ohne Auszeit direkt zum Examen zu schaffen und bei Nichtbestehen des Zwischenexamens ohne Widerspruch eine Lehre in seiner

Bank zu beginnen.

„Das hat sich ja zum Glück erst mal erledigt", dachte Max und lächelte erleichtert vor sich hin, während das Flugzeug seine endgültige Parkposition einnahm.

Nachdem sich die anderen Passagiere dicht gedrängt zum Ausstieg gezwängt hatten, nahm Max, der es vorgezogen hatte noch einige Minuten auf seinem Platz sitzen zu bleiben, seinen Jack Wolfskin Rucksack aus der oberen Ablage über seinem Platz und ging zum hinteren Ausgang des Flugzeugs. Eine freundlich lächelnde Stuardess verabschiedete ihn freundlich. "Auf Wiedersehen und einen schönen Urlaub".

„Danke!" Max lächelte charmant zurück und stieg die Treppen hinab zum Transferbus, der die ungeduldigen Urlauber rasant zum nahgelegenen Terminal fuhr.

Dort angekommen drängten sich wieder Massen von Sommerulaubern zum Gepäckband und warteten erschöpft mit ihren quengelnden Kindern auf das Gepäck, um endlich den ersehnten Urlaub zu beginnen, auf dem alle ihre Erwartungen lasteten.

Max beobachtete, wie eine junge Frau genervt versuchte ihr Kind davon abzuhalten, sich immer wieder auf das Gepäckband zu setzen, während der Vater des Kindes mit seinem Mobilfunktelefon damit beschäftigt war, den Verwandten in der Heimat mitzuteilen wie warm es hier in Bulgarien gerade war.

„Gut, dass ich solche Probleme nicht habe!" Max schnappte

sich seinen Koffer, der gerade auf dem Förderband auf ihn zukam, stellte ihn auf einen der Gepäckwagen, die überall herumstanden und fuhr in Richtung Ausgang.

Hinter der Tür warteten schon die Reiseleiter mit ihren Schildern auf denen alle bekannten Reiseveranstalter den ankommenden Touristen signalisierten, bei wem sie sich melden mussten, um mit den Bussen zu den gewünschten Hotels in den verschiedenen Urlaubsorten wie Sonnenstrand, Nessebar oder Pomorie gebracht zu werden.

Er ging an den Reiseleitern mit ihren bunten Schildern vorbei bis ein Schild seine Aufmerksamkeit auf sich zog. „Maximilian Ritter" stand darauf mit einem schwarzen Filzstift geschrieben. Noch aufmerksamer wurde er, als er die Person etwas näher betrachtete, die das Schild in ihrer Hand hielt. Es handelte sich um eine rassige Bulgarin mit langen lockigen Haaren, einem rotgeschminkten Schmollmund und der Figur einer griechischen Göttin, die etwas gelangweilt an einer Zigarette zog.

„Das bin dann wohl ich!", sagte Max während er erst das Schild und anschließend die schöne Bulgarin betrachtete.

„Hi, ich bin Ilena, ich soll dich zur Uni bringen!", antwortete Ilena mit einem leichten Akzent.

„Na dann los!" Max folgte Ilena durch die Menge bis zu ihrem Auto, was direkt vor dem Flughafengebäude auf einem Taxiparkplatz stand.

Während Max sein Gepäck in den Wagen lud und Ilena beim Einsteigen zusah, dachte er, dass er dieses Praktikum bestimmt genießen wird.

„Sprechen alle Bulgaren so gut Deutsch?", fragte er Ilena, während er es sich auf dem Beifahrersitz bequem machte.

„Nein! Ich war auf dem deutschen Gymnasium in Burgas. Die meisten Bulgaren sprechen weder Deutsch noch Englisch, mit Ausnahme in den Hotels und Restaurants der Touristenorte. Deshalb soll ich dir auch ein wenig Bulgarisch beibringen, damit du auch ohne mich zurecht kommst, Maximilian!"

„Wir werden also jetzt oft zusammen sein ?" Max freute sich schon darauf, Ilena etwas näher kennen zu lernen.

„Ja!", antwortete Ilena kurz ohne ihren Blick von der Fahrbahn zu lassen.

„Sehr schön! Aber bitte nenn mich nicht Maximilian, sondern Max!"

„Auch gut !" Ilena schaute ihn kurz an und stellte das Radio lauter.

Trotz Ilenas rasantem Fahrstil gelang es Max sich mit der 80er Jahre Musik aus dem Autoradio treiben zulassen und schweigend die wunderschönen Landschaften zu genießen, die an ihm vorbeizogen.

Weinberge, Salzseen, Felder und Wälder wechselten sich nacheinander ab, bis die Siluette von Burgas zu erkennen war, die von Ferne einer amerikanischen Großstadt ähnelte .

Max hatte in einem Reiseführer gelesen, das Burgas nach Sofia und Varna die größte Stadt Bulgariens war und somit das wirtschaftliche und kulturelle Zentrum der südlichen

13

Schwarzmeerküste.

„Hier auf der linken Seite siehst du unseren Meerespark Morska gradina". Ilena zeigte mit der Hand nach links auf einen prachtvollen Park.

Er sah Grünflächen mit schön angelegten Blumenbeeten und alten Bäumen, die von Promenadenwegen durchzogen wurden.

„Wo ist denn hier der Strand?", fragte Max und schaute zu Ilena.

„Der Strand befindet sich unterhalb der Grünflächen des Meeresparks. Man muss einfach nur die Treppen zur Mole runter gehen!"

„Ach so".

Ilena fuhr mit den Wagen durch die Innenstadt, direkt vorbei am großen Hafen mit seinen riesigen Schiffen und dem vorgelagerten Busbahnhof, an dem sich massenhaft Touristen tummelten, um wieder mit dem öffentlichen Bussen nach ihren Urlaubsorten zu fahren oder gerade von dort kamen um an den verkehrsberuhigten Flaniermeilen Aleksandrovska und Republikanska zu shoppen.

Sie liebten die Sehenswürdigkeiten der Stadt, wie die 1894 vom italienischen Baumeister Ricardo Toscanini entworfene Kathedrale Kiril und Method mit ihren charakteristischen Kuppeln und Türmen sowie den prächtigen Ikonen .

„Und wohin kann man als Student gehen um sich etwas vom Stress an der Uni zu erholen ?" Max grinste Ilena an und hoffte sie würde ihn in das aufregende Nachtleben einführen, für das der Sonnenstrand berühmt war.

„Also ich treffe mich dann mit Freundinnen im Uni-Cafe", antwortete Ilena etwas trocken. Max schien ihr eher jemand zu sein, der an Parties interessiert war, als an seinem Praktikum in der Universität.

„Die würde ich ja auch gern mal kennen lernen", dachte Max, war aber zu gut erzogen worden um das laut zu sagen.

„A ja", entgegnete er ihr deshalb und beschloss erst mal richtig anzukommen und sich an die örtlichen Flirtregeln zu gewöhnen bevor er vielleicht etwas sagte, was er bereuen könnte und dachte an den kleinen Zwischenfall in Kairo, der einem anderen Studenten während eines Praktikums viel Ärger eingebracht hatte. Er hatte etwas zu direkt mit einer muslimischen Studentin geflirtet. Bulgarien war zwar nicht Ägypten, aber man sollte es nicht gleich übertreiben.

„Da ist schon die Universität", unterbrach Ilena seine Gedanken und parkte vor einem rundem Glaspalast, der aussah wie die Zentrale einer Internetfirma.

Max und Ilena gingen gerade durch das Eingangsportal ins Innere des runden Glasgebäudes als ihnen ein älterer Wachmann in blauer Uniform ein freundliches „dober wetscher! " entgegnete.

„sdrawejte", gab Ilena zur zurück und erklärte Max kurz, das „dober wetscher!" „Guten Abend!" bedeutet und man morgens mit „dobro utro!" , tagsüber mit „dober den !"

oder unabhängig von der Tageszeit mit „sdrawejte" grüßt, während sie in den Fahrstuhl stiegen.

Ilena drückte den Knopf mit der Nummer 8 und lehnte sich gegen die Fahrstuhlwand. „Sie sieht einfach umwerfend aus." Max sah Ilena an und fragte sich in welcher Beziehung sie wohl zu dem Professor stand.

„Seit wann beschäftigt sich eigentlich die Universität von Burgas mit dem alten Ägypten?" Max bemühte sich um etwas Smalltalk.

„Gar nicht!"

„Wie Bitte!" Jetzt wurde es spannend. „In der Praktikumsbeschreibung wurde ausdrücklich jemand aus diesem Bereich gesucht!"

„Das erklärt dir Professor Lasarov am Besten selbst!"

„Auf welchem Gebiet forscht den Professor Lasarov?" Max schaute skeptisch.

„Sein Spezialgebiet sind die alten Thraker!"

„Aha?" Die leichte Spannung wich großer Verwunderung und er fragte sich, ob es nicht doch besser gewesen wäre sich vorher etwas näher mit der Ausschreibung zu befassen. Er hatte damals dringend einen Platz gesucht, aber alle Plätze wurden vergeben, während er sich in seiner Wohnung verkrochen hatte und nur das Zwischenexamen im Kopf hatte.

Er hatte dann zufällig die Ausschreibung im Internet gelesen und sich ohne Rücksprache mit seinem Professor einfach beworben. Im Nachhinein fiel Max auf, dass sein Professor

16

schon etwas skeptisch ausgesehen hatte, als er seine Genehmigung für das Praktikum nachträglich eingereicht hatte. „Ach, was solls! Genehmigt ist genehmigt!", dachte er während der Signalton des Fahrstuhls ihn aus seinen Gedanken riss.

Die Fahrstuhltür öffnete sich und er folgte Ilena in einen langen Korridor, der mit Skulpturen geschmückt war.

Am Ende des Ganges befand sich eine Tür, die Ilena ohne anzuklopfen einfach öffnete.

Dahinter verbarg sich ein mit Büchern und Artefakten chaotisch vollgestelltes Büro und ein Schreibtisch, an dem ein grauhaariger, bärtiger Mann mit Brille saß, der in jedem Kinofilm aus den 80er Jahren einen russischen Atomphysiker spielen konnte, der vom KGB gejagt wurde, weil er in den Westen fliehen wollte.

„Oh, unser Gast nehme ich an!", sagte der Mann während er von seinem Schreibtisch aufstand und auf Max zukam.

„Ich bin Professor Lasarov. Meine Assistentin und Tochter Ilena hast du ja bereits kennen gelernt".

„Dober wetscher, Professor Lasarov! Ich bin Maximilian Ritter, aber alle nennen mich einfach Max."

„Wie ich sehe hast du schon die ersten Lektionen in unserer Sprache erhalten."

„Ja, ihre Tochter war so freundlich!"

„Gut Max! Für die nächsten sechs Monate bilden wir ein Team. Du wirst bei uns wohnen und mit uns arbeiten und soweit es notwendig ist auch die eine oder andere

Exkursion unternehmen. Ist das soweit klar ?"

„Das ist mir soweit klar, Professor. Was mir noch nicht so ganz klar ist, warum Sie jemanden mit Kenntnissen Altägyptens haben wollten, wobei ihr Fachgebiet die alten Thraker sind?"

„Ilena, gib Max doch bitte mal das Buch von Josephus Flavius aus dem Regal!" Er schaute über seine Brille und deutete mit dem Zeigefinger auf die Wand hinter ihm.

Ilena ging zum Regal hinter dem Schreibtisch und nahm ein Buch aus der obersten Reihe und gab es Max. Auf dem Buchdeckel stand:

THE WORKS OF JOSEPHUS
Translatet by Wiliam Whiston

„Seite 125 . Der Markierte Text". Lasarov forderte Max zum Lesen der markierten Stellen im Text auf.

Max blätterte auf Seite125 und las :

„Now Tiras, the son of Japhet, called the people over whom he ruled Tirasians, but the Greeks later changed the name, calling them Thracians."

„Was hat das mit den alten Ägyptern zu tun ?" Max schaute den Professor verwundert an.

„Und nun lies das!" Der Professor gab ihm ein aufgeschlagenes Buch, das er vom Schreibtisch genommen hatte, während Max den Text von Josephus Flavius studierte hatte. Max nahm das Buch aus den Händen Lasarovs und las weiter:

„...Because from the time of that descendant of the first Tiras, namely King Tzer, a new dynasty was established in Egypt, when the Thracian ships dropped anchor at the Nile delta, where the first Capital of Egypt at Buto was founded.

This Thrace brought about the beginnings of the first dynasty of Egypt and inseminated the land of Egypt with the Ancient Speech and Writing. For the Script of Thrace was of the Ancient Speech with those imagery signs, which are from Eden , and which were later received and stylized by all the Egyptians ...“

„Das kann nicht sein!“, stieß Max ungläubig hervor während er das Buch zuschlug.

„Unsere Aufgabe in den nächsten Monaten wird sein, genau das heraus zu finden.“ Der Professor schaute ihn streng an.

„Herr Professor, wenn da was dran wäre, hätte man doch schon früher etwas finden müssen.“

„Max!“, sagte Ilena die die ganze Zeit schweigend im Raum gestanden hatte.

„Man hat bisher nichts gefunden, weil man nicht danach gesucht hat. Wir haben Artefakte gefunden, die Jahrtausende älter sind als alle ägyptischen Funde. Man hat die Symbole als Ornamente oder Kratzer abgetan, ohne jemals nach Übereinstimmungen mit ägyptischen Symbolen zu suchen, weil das der gängigen Meinung über die primitiven Thraker und den hochentwickelten Ägyptern widerspricht. Mein

19

Vater und ich wollen dies nun ändern und brauchen jemanden mit etwas Erfahrung auf dem Gebiet der alten Ägypter."

„Mein Professor wird mich steinigen, wenn ich zurück in Deutschland bin und ihm meine Praktikumsarbeit einreiche". Max schaute nachdenklich in die Runde. Sein Bild von diesem Praktikum bekam die ersten Risse.

„Wenn wir aber etwas finden, wirst du mit Beifall begrüßt werden", lächelte ihn Ilena an.

„Was ist nun?", fragte Lasarov ungeduldig .

„O.K., O.K., ich bin dabei", gab Max resignierend zurück. Was sollte er auch machen. Er konnte ja schlecht sein Praktikum abbrechen und nach Hause zurück fliegen, auch wenn er kurz darüber nachgedacht hatte.

„Womit fangen wir an?" Er wand sich fragend an den Professor.

„Mit Essen!"

„Essen?"

„Ja, es ist schon spät! Ilena wird für uns kochen und dann werden wir uns ausruhen und morgen früh an die Arbeit gehen!"

Max folgte, noch etwas irritiert von dem, was er gerade gehört hatte, dem Professor und Ilena schweigend zum Auto und setzte sich auf die Rückbank um erst mal wieder einen klaren Gedanken fassen zu können.

Vor 3 Stunden hatte er sich noch auf ein lockeres Sommerpraktikum am Meer gefreut. Dann hatte er erfahren, dass er sein Praktikum mit der Suche nach sonderbaren Symbolen und Theorien verbringen sollte, die seiner Praktikumsarbeit den Todesstoß versetzen und ihn zum Gespött der gesamten Universität machen werden. Es war alles so verrückt: Ilena, der Professor und die Theorie mit dem Ursprung der altägyptischen Hochkultur in Bulgarien.

Er beschloss einfach etwas offener für die Idee zu werden und sich nun etwas zu entspannen.

Ilena fuhr über die Autobahn Richtung Varna und bog nach zwanzig Minuten nach rechts Richtung Pomorie ab, von wo es dann zum Haus des Professors am Ende der Halbinsel ging, die sich weit in die offene See erstreckte. Am Nordstrand befand sich eine große Lagune, in der seit thrakischer Zeit Salz geerntet wurde.

„Mein Haus ist eines der typischen Schwarzmeerhäuser, die den verheerenden Brand des Jahres 1906 überstanden haben, der fast die ganze Stadt zerstörte. Diese Häuser sind typisch für die gesamte Schwarzmeerküste und verleihen der Stadt ihren besonderen Charme. Ich habe es von meinen Eltern geerbt."

Am Haus angekommen zeigte Ilena Max seine Bleibe für die nächsten Monate und ging anschließend gleich in die Küche.

Das wunderbare Essen, was Ilena kochte, die lockere Stimmung und der bulgarische Wodka machten Max immer schläfriger, er verabschiedete sich, ging auf sein Zimmer und schlief angezogen auf seinem Bett ein.

Kapitel 2

○

Knapp zwanzig Kilometer entfernt huschte ein dunkler Schatten über den langen Korridor des archäologischen Institutes der Universität von Burgas.

Todor horchte kurz an der Tür, die sich an seinem Ende befand und machte sich daran, das Schloss schnell und ohne Spuren zu öffnen, wie schon die vielen anderen Schlösser, die er in seinem Leben ohne Zustimmung ihrer Besitzer geöffnet hatte.

Ein leises Knacken und schon gab das Schloss den Weg frei. Wie eine Raubkatze bewegte er sich durch die Tür in das dahinter liegende Büro. Äußerlich wirkte er eiskalt und vollkommen ruhig, wie man es von einem Profi wie ihm erwartete, aber innerlich hatte er jedes mal ein beklemmendes Gefühl, während er seine Aufträge erledigte. Dieses Gefühl hatte ihm aber schon häufig davor bewahrt, bei seinem Job erwischt zu werden und er wußte, dass genau dieses Gefühl ihn davor bewahrte, unvorsichtig zu werden.Vorsichtig ging er zum Schreibtisch und fing an jedes Dokument und jedes Artefakt mit seiner Minikamera zu photographieren, die er in der rechten Oberschenkel-tasche seiner Armeehose trug.

Einfach alles photographieren und nichts verändern oder

mitnehmen, so wie es sein Auftraggeber wollte. Todor stellte keine Fragen und wenn er dafür bezahlt wurde Fotos zu machen, dann war ihm das angenehmer als die anderen Aufträge, die er schon zu erledigen hatte, wie die Entführung im Ausland lebender russischer Geschäftsleute im Auftrag der Russenmafia oder den Waffenhandel mit Waffen der ehemaligen Sowjetarmee an irgendwelche Zuhälter in Sofia.

Er schaute sich nochmals das Büro an, um sich zu vergewissern, nichts Wichtiges vergessen zu haben. Dann schob er die Minikamera wieder in die Oberschenkeltasche seiner Armeehose.

Vorsichtig schaute er durch den Türspalt auf den dunklen Korridor.

„Nichts zu sehen!" Er machte sich auf den Weg, das Gebäude genau so unbemerkt zu verlassen, wie er es betreten hatte.

Wenige Minuten später atmete Todor die laue Luft der Sommernacht ein und schaute kurz in den sternenklaren Himmel.

Nachdem er sich eine Zigarette angezündet und einige tiefe, erleichternde Lungenzüge genommen hatte, ging er zügig Richtung Innenstadt und machte sich auf den Weg zum Industriehafen, wo er sich mit seinem Auftraggeber verabredet hatte.

Am Industriehafen war alles ruhig, auch die Busse im

vorgelagerten Busbahnhof hatten ihren Nachtbetrieb schon vor Stunden eingestellt.

Unruhig lief eine Person vor der Haltestelle nach Varna auf und ab.

„Wo bleibt der Kerl denn?", dachte er, als plötzlich Todor, wie aus dem Nichts, vor ihm auftauchte und ihn aufschreckte.

„Warum so nervös?" , fragte Todor mit einem starken Akzent.

„Haben Sie es ?", zischte sein Auftraggeber ihn an ohne auf seine Frage einzugehen.

„Natürlich! Hier ist der Film". Todor streckte ihm seine offene Hand mit dem Film aus der Minikamera entgegen.

Er wollte den Film gerade aus Todor Hand nehmen, als dieser seine Hand zu einer Faust schloss.

„Wo ist mein Geld?"

„Hier !" Er kramte in der Tasche seines Jackets und zeigte Todor ein Bündel Geldnoten.

„Wenn ich Ihre Dienste nochmals in Anspruch nehmen will, weis ich ja, wo sie zu finden sind!" Der Auftraggeber nahm den Film aus Todors Hand.

Todor steckte das Geldbündel in seine hintere Hosentasche und verschwand in der Nacht.

„So Herr Professor, nun werden wir sehen wie weit sie gekommen sind!", dachte der Auftraggeber, während er den Film in seiner Hand betrachtete als ob es sich um etwas sehr Kostbares handelte.

Sein Weg hatte ihn schon so viel gekostet, aber er war sich sicher: Das Ziel wird all die Mühen wert gewesen sein. Nur welche Rolle dieser bulgarische Professor spielte war ihm nicht klar. Warum interessierte er sich dafür, obwohl er ein ganz anderes Fachgebiet hatte.

„Der Film wird wohl einige Fragen beantworten."

Kapitel 3

Die Sonne schien schon seit Stunden als Max am Morgen langsam aufwachte. Er hatte sehr gut geschlafen und fühlte sich frisch und ausgeruht.

Nachdem er sich geduscht und saubere Kleidung angezogen hatte, ging er in die Küche, wo Ilena und der Professor schon auf ihn warteten.

„Dobro utro', Max! Ich hoffe du hast gut bei uns geschlafen!"

„Danke, Herr Professor, das habe ich."

„Hallo Ilena, nochmals vielen Dank für das gute Essen. Ich war gestern leider zu müde, um daran zu denken mich bei dir zu Bedanken."

„Schon gut Max! Ich koche jeden Tag und du brauchst dich nicht jedes Mal dafür zu bedanken! Setzt dich zu uns!" Sie nahm eine Zigarette aus der Schachtel und zündete sie an.

Max nahm sich einen Stuhl und setzte sich neben sie. Ilena betrachtete mit ihrem Vater einen Computerausdruck von einer Steinplatte mit ägyptischen Symbolen.

„Was ist das?" Max konnte aus der Entfernung nichts erkennen.

„Die 5000 Jahre alte Platte von Abydos aus dem britischen Museum", antwortete der Professor ohne seinen Blick von dem Ausdruck zu lassen.

Und Ilena ergänzte: „Wir haben Monate lang Anfragen an Experten in der ganzen Welt gesendet, um herauszufinden, ob es eine altägyptische Erwähnung unseres bei Josephus Flavius genannten Tiras gibt, beziehungsweise in seiner thrakischen Form Tzer oder Djer.

Vor wenigen Tagen hat uns das britische Museum diesen Ausdruck mit der Platte von Abydos als Antwort auf unsere Anfrage per Email gesendet. Laut den Kollegen gibt es tatsächlich ein Symbol des Königs Tiras auf dieser Platte. Da aber die Symbole noch nicht vollständig zu erklären sind, werden wir auf deine Hilfe angewiesen sein!"

„Darf ich mal sehen, Herr Professor?"

„Natürlich! Bitte hier. Das Königssymbol ist markiert!"

Max betrachtete die vier Reihen mit ägyptischen Symbolen auf dem Ausdruck.

„So eine Übersetzung kann lange dauern!", sagte er anschließend.

„Wir müssen mehr über diesen König erfahren, damit wir wissen, wo wir hier in Bulgarien nach weiteren Beweisen suchen müssen." Lasarov schien etwas gereizt zu sein.

„Reg dich bitte nicht auf Vater!" Ilena kannte den Grund nur zu gut und versuchte ihn zu beschwichtigen.

Nach einer kurzen Pause schaute sie Max tief in die Augen.

„Max, gibt es denn keine Möglichkeit das Ganze zu beschleunigen?"

„Warum muss es denn so schnell gehen?"

Ilena schaute zu ihrem Vater, der ihr nach kurzem Zögern

zustimmend zunickte.

„Die Theorien meines Vaters sind sehr umstritten. Die Universität will bis Ende diesen Monats wissenschaftliche Beweise sehen oder sie werden die Gelder für das Projekt streichen. Sein Ruf wäre dann endgültig ruiniert. Deshalb ist es so wichtig für uns, dass es schnell geht."

„Ich verstehe". Max verlor sich in seinen Gedanken.

„Kannst du gar nichts für uns tun?" Der Professor hatte sich wieder etwas beruhigt und schaute Max mit großen Augen fast flehend an.

„Naja, ich hätte da eine etwas verwegene Idee! Ein Freund von mir kann uns vielleicht helfen. Er ist Softwareentwickler bei Mabisoft. In seiner Freizeit spielt er Adventure Games in einer Art Bundesliga."

„Ein Spieler?", fragte der Professor verwundert. „Wie soll uns ein Spieler weiterhelfen?"

„Adventure Games sind Computerspiele, in denen man nur weiter gelangt, wenn man verschiedene Rätsel und Aufgaben gelöst hat.

Je schneller man die Aufgaben löst, je höher spielt man in der Liga.

Um sich nun einen Vorteil zu verschaffen, hat er ein Programm entwickelt, das ihm dabei hilft Rätsel aus den verschiedensten Bereichen zu lösen. Man gibt die Stichwörter und Symbole ein und das Programm bietet verschiedene Lösungsmöglichkeiten an.

Da ägyptische Symbole in solchen Spielen beliebt sind, hat

er sie auch in der Datenbank. Ich habe es schon oft benutzt um Zeit bei Übersetzungen zu sparen."

„Das Programm kann also ägyptische Symbole schneller korrekt übersetzen als ein Team von Archäologen? Lasarov war skeptisch.

„Nein! Die Software berechnet verschiedene mögliche Übersetzungen, die wir dann nach Übereinstimmungen mit den alten Thrakern absuchen müssen. Das wäre dann wohl ihr Fachgebiet, Herr Professor."

„Wie lange wird das ganze dauern?" Ilena war weniger skeptisch, als ihr Vater.

„Ich denke 1-2 Tage. Wenn alles gut geht."

„Na dann los!" Lasarov überwand seine Bedenken. Er hatte viel zu verlieren und musste jede Möglichkeit in Anspruch nehmen, bei seiner Forschung weiter zu kommen, auch wenn sie etwas unkonventionell war.

„Lass mich jetzt bitte nicht im Stich", flüsterte Max als er sich Minuten später an sein Laptop setzte, um Tim eine Email mit seiner Bitte um Mithilfe und der Platte von Abydos als Bilddatei im Anhang zu senden.

Max drückte die „Senden" - Taste und in sekundenschnelle machten sich danach die 5000 Jahre alten Symbole auf den Weg von Bulgarien nach Deutschland.

Kapitel 4

❀

Tim stand gerade in seiner Küche, um sich noch eine Cola aus dem Kühlschrank zu holen, als eine weibliche Stimme aus seinem Computer „Sie haben Post" tonisierte und eine Email auf seinem Bildschirm angezeigte wurde.

Tim öffnete die Dose Cola, trank einen großen Schluck und setzte sich auf sein gelbes Designer Sofa, um die Nachricht auf dem Bildschirm zu lesen.

„Ach, Max! Muss ich wieder deine Arbeit machen, weil du deine Zeit lieber am Strand verbringst?" Tim war leicht genervt.

Tim hatte Max während seines Studiums immer wieder bei solchen Übersetzungen geholfen, weil Max seine Freizeit lieber mit anderen Dingen verbrachte. Das hatte auch gut funktioniert, bis es auf das Zwischenexamen zuging und Max sich wochenlang in seiner Wohnung verkrochen hatte, um nicht durch die Prüfungen zu fallen und eine Lehre bei seinem Vater beginnen zu müssen.

„Na dann wollen wir mal sehen. "

Vor Tims Augen öffnete sich eine Bilddatei mit Symbolen auf einer Steinplatte.

Tim benutzte die Bildausschnittfunktion seines Apple Computers um jedes dieser Symbole einzeln zu markieren und in seine Software zu kopieren.

Er hatte zwei Jahre an dieser Software geschrieben, sämtliche Datenbanken der Universität mit Symbolen, Namen und naturwissenschaftlichen Formeln aus aller Welt integriert und sogar an Symbole aus anderen Adventure Games gedacht, um sich seinen Platz in der Deutschen Spielerelite zu sichern.

Es war zu seiner Passion geworden Rätsel und Codes zu knacken, die den meisten Menschen unlösbar erschienen. Er hatte für Tim Übersetzungen in Minuten erstellt, für die selbst erfahrene Archäologen Wochen brauchten.

Seine Software könnte die Arbeit vieler Archäologen erleichtern, aber noch brauchte er sie für sich alleine. Bis nach der Weltmeisterschaft, die in drei Tagen begann. Er hatte sich vor drei Monaten qualifiziert und wollte seine Software nicht veröffentlichen, um anderen Spielern keine Möglichkeit zu geben, seinen Vorsprung einzuholen. Danach wollte er sie dann als Open Source Projekt ins Internet stellen, sich aus der Szene zurückziehen und wieder mehr auf seinen Job bei Mabisoft konzentrieren. Sein Chef konnte nämlich kein Verständnis für seine Leidenschaft aufbringen und er wollte seinen Job nicht verlieren.

Der Rechner brauchte nicht lange, um die ersten Ergebnisse zu liefern.

"Aber bis alle Möglichkeiten berechnet sind, werden bestimmt noch einige Stunden vergehen." Tim wusste genau, das ägyptische Symbole viele Möglichkeiten der

Übersetzung zuließen. Er wollte sich bis dahin etwas vor dem Fernseher ausruhen, denn ins Büro musste er erst wieder in fünf Stunden und bis dahin werden auch die Ergebnisse auf dem Weg nach Bulgarien sein, wo Max schon darauf wartete.

„Was würde Max wohl ohne mich machen", ging es Tim durch den Kopf. Beide kannten sich schon so lange und deshalb konnte Tim auch keine seiner Bitten abschlagen, denn dafür waren sie zu gut befreundet.

Kapitel 5

Max und Ilena hatten beschlossen, die Zeit des Wartens damit zu überbrücken zum thrackischen Grabmal in Pomorie zu fahren.

Max wäre mit Ilena lieber an den Strand gegangen, hatte sich aber dann doch von ihr zu einer Besichtigung übereden lassen.

Das altertümliche Kuppelgrab lag zwei Kilometer westlich von Pomorie. Es wurde 1888 entdeckt und 1995 restauriert.

Von außen gesehen war es ein Grabhügel von 8m Höhe. Ein 22m langer gewölbter Korridor, der Dromos genannt wurde, führt unter der Hügelschüttung in einen geräumigen runden Saal.

Der Saal selbst hatte die Form einer halbzylindrischen Kuppel, die in der Mitte von einer hohlen Säule gestützt wurde. Die Säule dehnte sich nach oben pilzförmig aus und verschmolz mit der runden Saalwand.

„Hier wurden die Urnen mit der Asche der Verstorbenen aus Anhialo aufgestellt", erklärte Ilena und deutete auf 5 Nischen in der Wand.

„Anhialo ?", flüsterte Max leise.

„Anhialo war eine Siedlung auf dem Gebiet, wo heute Pomorie steht."

„Und wann wurde diese Gruft gebaut?"

„Mein Vater hat es auf Ende des dritten bis Anfang des vierten Jahrhunderts nach Christus datiert. Er hat Spuren regelmäßiger religiöser Rituale gefunden,   sowie den Sarkophag, der vor dem Eingang steht.

Die Thraker haben haben ihre Toten verbrannt und die Urnen in die hohle Säule gestellt, um die Seele kreisend Richtung Himmel aufsteigen zu lassen."

„Also keine Mumien und ein Leben im Reich der Toten, wie es bei den alten Ägyptern üblich war ?"

„Max!" Ilena seufzte und verdrehte die Augen. „Die Erbauer dieses Grabhügels haben mindestens dreitausend Jahre später gelebt. Religionen und ihre Bräuche ändern sich. Vor dreitausend Jahren war Jesus noch nicht mal geboren und heute werden weltweit in seinem Namen christliche Bräuche zelebriert. Dasselbe gilt für Mohammed und andere Religionsstifter."

„Da ist was dran!", bestätigte Max und ärgerte sich über seinen vorschnellen Kommentar.

Er schaute sich noch kurz das Steingewölbe an und folgte Ilena dann durch den Gang nach draußen.

Vor dem Grab wehte ein leichter Wind, der die Hitze des Tages erträglich machte.

Ilena war über die Stufen der Grabkuppel auf dessen Dach gestiegen und winkte mit der Hand zu Max, damit er ihr folgte.

„Der Ausblick ist jedes mal ein Erlebnis." Sie schaute entspannt in die Ferne, als Max gerade den Grabhügel erklommen hatte und froh darüber war, dass sie wegen seinem Kommentar in der Kammer anscheinend nicht mehr sauer war.

Vor ihnen lag Pomorie mit seiner schönen Altstadt. Das Meer reflektierte das glitzernde Licht der Sonne auf seinen türkisblauen Wellen und in der Ferne sah man die imposante Kulisse von Burgas, eingebettet in das saftige Grün der Berge.

Max genoss jedoch eher die Schönheit von Ilena als die der Umgebung. Ihre langen lockigen Haare wehten im Wind. Die Sonne strahlte über ihr Gesicht und Max fragte sich, wie man das Interesse einer solchen Frau wohl gewinnen konnte.

„Die Antwort ...", sagte Ilena und holte Max damit aus seinen romantischen Tagträumen zurück in die Realität.

„Die ...Äh ... Was Bitte?" Max stammelte noch etwas in Gedanken.

„Die Antwort von deinem Freund. Vielleicht hat er ja schon etwas herausgefunden. Wir sollten zurück fahren und deine Emails abfragen."

„Ach das .... Ich glaube nicht, dass es schon Ergebnisse gibt. Es ist ja erst ein paar Stunden her."

„Lass es uns einfach versuchen!", ermunterte ihn Ilena und stieg die Treppen abwärts Richtung Parkplatz.

Max folgte ihr und stieg am Parkplatz angekommen auf der Beifahrerseite des schwarzen Fiat ein.

Ilena legte eine CD ein und startete den Wagen. Mit der

Musik von PINK! in voller Lautstärke dröhnend fuhren sie Richtung Burgas.

Kapitel 6

O

Leichenblass saß Todors Auftraggeber in seinem luxuriösem Hotelzimmer im Hotel Bulgaria direkt im Zentrum von Burgas. Keine 500 Meter vom Busbahnhof entfernt hatte Todor ihm die Fotos übergeben.

„Tiras", hämmerte es in seinem Kopf, während er auf das Foto vor ihm auf dem Tisch des Hotelzimmers starrte.

Angst und Panik stieg in ihm auf, je länger er auf das Foto aus dem Büro des Professors blickte.

„Wenn ich nur gewusst hätte, dass der Professor...". Er unterbrach seine Gedanken und griff zum Hörer des Telefons vor ihm.

Er wählte Todors Nummer und ließ es einige Male klingeln.

„Da!", forderte Todor forsch den Anrufer am anderen Ende der Leitung auf, sein Codewort zu sagen, ohne das er nach wenigen Sekunden die Leitung unterbrach.

Jeder Auftraggeber hatte die Nummer zu einem Mobiltelefon und ein Codewort um sich mit Todor in Verbindung zu setzten.

Wenn nach dem Klingeln länger als fünf Sekunden niemand das Passwortes nannte, legte er auf und vernichtete sofort das Mobiltelefon.

Das hatte er während der neunziger Jahre in Berlin und Wien gelernt, wo sich zu dieser Zeit die „Diebe im Gesetz", wie sie genannt wurden, ausbreiteten. Es handelt sich dabei um Kriminelle, die es geschafft hatten durch Korruption, Erpressung und Verbindungen auf höchster Regierungsebene über dem Gesetz zu stehen und ihre Geschäfte ungehindert zu betreiben. Viele Politiker warben um die Gunst dieser Leute und zeigten sich in der Öffentlichkeit gerne mit ihnen. Die Polizei und Staatsanwaltschaft konnte nur machtlos zusehen wie sich das Gebilde aus Politik, Macht und Geld der Russenmafia vergrößerte.

Todor war zu dieser Zeit viel in Berlin und Wien, um die Drecksarbeit für die feine Gesellschaft zu erledigen. Viele der großen Öl- und Gasfirmen sind in der Hand der Russenmafia, was Politiker anscheinend nicht stört, wenn es um die Interessen des eigenen Landes geht. Und so lange die Energiepreise stimmen, interessiert es den Verbraucher auch nicht, wen sie mit ihrem Geld unterstützten.

Todor hatte sich damals gefragt, wer eigentlich krimineller war: Er und die Russenmafia oder die Politiker und Verbraucher, die das Ganze stillschweigend tolerierten.

„Kirill", hörte Todor seinen Auftraggeber am anderen Ende das verabredete Codewort flüstern. Sein Auftraggeber hatte sich den Namen des Slawenapostels selbst ausgesucht. Zusammen mit seinem Bruder Method war er der Begründer des Slawischen Alphabets, der altbulgarischen Schriftsprache und Literatur.

Die Brüder wurden auf Thessaloniki geboren und erhielten

ihre Ausbildung in Byzanz. Auf Bitten des mährischen Fürsten Rostislaw wurden sie vom byzantinischen Kaiser Michael III. nach Mähren entsandt, um dort die Slawen in ihrer Muttersprache in der christlichen Lehre zu unterrichten und damit dem deutschfränkischen Einfluss zu begegnen.

Auch in dem Gebiet an des heutigen Bulgariens wirkten beide. Dabei bedienten sie sich kirchlicher Schriften, die von ihnen mit ihren Schülern ins Altbulgarische übersetzt wurden. Kurze Zeit danach wurde ein weiteres Schriftsystem begründet, was zur Niederschrift altslawischer Texte diente. Es erhielt den Namen Kirillica.

Der Auftraggeber war stolz darauf gewesen, sein Wissen über die zwei Slawenapostel beim ersten Treffen zu präsentieren, nachdem er sich für dieses Codewort entschieden hatte.

„Was ist?", fragte Todor in den Hörer und hörte sich aufmerksam seine weiteren Instruktionen an.

„Ist gut. Wird erledigt", beendete er anschließend das Gespräch und steckte sein Mobiltelefon in die dafür vorgesehene Plastikhalterung an seinem Gürtel.

Kapitel 7

Professor Lasarov studierte gerade an seinem Schreibtisch sitzend einige Akten und Aufzeichnungen, als Ilena und Max den Raum betraten.

Er hatte ihr während der Fahrt einige heitere Geschichten über Tim und sich erzählt, um etwas lockere Stimmung zu verbreiten und Ilena schien froh darüber zu sein, mal über etwas anderes zu reden, als die Arbeit ihres Vaters. Sie hatte von ihrer Mutter erzählt, die von einem Auto überfahren wurde, als Ilena gerade Fünfzehn Jahre alt war.

Ihr Vater hatte sich seitdem immer mehr in seine Arbeit zurückgezogen. Sie hatte vergeblich versucht, ihn für andere Dinge zu begeistern. Aber ihr Vater interessierte sich nur noch für die Geschichte seiner Heimat.

Die Erforschung der alten Thraker wurde zum Inhalt seines Lebens.

Um ihm Nahe zu sein, beschloss sie damals Archäologie zu studieren und wurde so zu seiner Assistentin.

Max konnte soviel Opferbereitschaft nur sehr schwer nachvollziehen, aber er schwieg, um die neugewonnen Nähe zu ihr nicht gleich wieder zu zerstören.

„Wir wollen nachsehen, ob Tim schon geantwortet hat", sagte Ilena und küsste den Professor zur Begrüßung auf seine rechte Wange.

„Ihr könnt von meinem Rechner aus ins Internet!" Professor Lasarov schlug seine Unterlagen zu, stand auf und bot Max mit einer Handgeste seinen Platz an.

Max setzte sich auf den Platz des Professors und fuhr den Rechner hoch.

Einen Augenblick später öffnete er mit einem Doppelklick auf der linken Taste der Computermaus den Mozilla-Browser auf dem Rechner des Professors und gab die Internetadresse seines Email-Anbieters „Web.de" an.

Max gab Usernamen und Passwort ein und drückte die „Loggin"-Taste. Gebannt schauten alle drei auf den Bildschirm.

Eine neue Email mit Anhang war auf dem Server angekommen, mit dem Absender von Tim.

Max clickte die Email an und wartete auf die Nachricht.

Hallo, Max!

Ich habe alles versucht und hoffe die Ergebnisse helfen dir weiter. Die Symbole sind sehr schwer zu verstehen. Aber ich glaube, einige gute Ansätze gefunden zu haben. Lass mal wieder von dir hören !

Bis Bald

Tim

„Danke alter Freund!", dachte Max und öffnete den Anhang im PDF-Format.

„Das sind ja hunderte verschiedener Möglichkeiten". Ilena

tat einen tiefen Seufzer, als sie die endlosen Zeilen mit den Übersetzungsmöglichkeiten auf dem Bildschirm sah.

„Das ist halb so schlimm. Du musst mit dem Professor nur nach Orten, Namen und anderen Dingen suchen, die ihr von den alten Thrakern kennt. Den Zusammenhang kriegen wir dann schon irgendwie hin. So habe ich das in

meinen Arbeiten an der Uni auch immer gemacht. Nicht gerade besonders wissenschaftlich, aber es funktioniert."

Max clickte ein paar Menüs auf dem Rechner an und Sekunden später kamen Tims Ergebnisse aus dem Drucker.

Kapitel 8

❈

Im Keller eines alten Hauses aus sozialistischer Zeit hockte Todor vor einer Holzkiste mit Drähten, Elektrochips und einem Lötkolben und verschmolz gerade das Lötzinn mit einem roten Kabel.

Dieser Auftrag verlangte volle Konzentration von ihm. Er hatte schon einige solcher Vorrichtungen gebaut, aber jede Umgebung hatte seine eigenen spezifischen Anforderungen. Um hundertprozentig sicher zu gehen, sein Zielobjekt zu erwischen, musste er jeweils eine Vorrichtung im Haus des Professor und im Büro der Universität anbringen.

Mehr Möglichkeiten gab es nicht.

Er nahm vorsichtig einen kleinen Bewegungsmelder aus der Kiste und montierte ihn auf seiner Vorrichtung.

Sobald jemand nun in die Nähe des Melders kam, wurde ein Signal ausgelöst und die Vorrichtung erledigte den Rest.

Es war sehr wichtig alles möglichst nah an der Zielperson zu platzieren, um das bestmögliche Ergebnis zu erzielen.

Alles musste möglichst klein sein, um keine Aufmerksamkeit auf sich zu ziehen. Dafür hatte sich Todor etwas ganz Spezielles ausgedacht.

Bei seinem nächtlichen Besuch im Büro des Professors hatte er sich über die Webcam am Rechner gewundert. Er hatte also ein baugleiches Modell gekauft und verstaute die

Erste der beiden Vorrichtungen vorsichtig im Inneren. Die Zweite musste in seinem Haus in Pomorie installiert werden und auch dort hatte sich eine gute Möglichkeit geboten, als er dort nach dem Anruf seines Auftraggebers einen kleinen unangemeldeten Besuch gemacht hatte. Der Professor schien Angst vor Feuer zu haben und hat in jedem Raum Rauchmelder angebracht. Mit ein paar wenigen Handgriffen konnte er die zweite Vorrichtung dort problemlos anbringen.

Da der Professor mit seiner Tochter tagsüber meist in seinem Büro war, wollte er sein Glück zuerst im Haus in Pomorie versuchen.

Er packte alles in eine Plastiktüte und machte sich auf den Weg zu einer Garage, die nur wenige Minuten von seiner Werkstatt, wie er den Keller selbst nannte, entfernt war. Dort bewahrte er zwei Autos, drei Lieferwagen und ein Motorrad auf, die er selbst gestohlen und mit falschen Papieren und Nummernschildern ausgestattet hatte. Sie hielten jeder Polizeikontrolle stand, solange man ein paar Geldscheine in seinen Fahrzeugpapieren aufbewahrte.

Dort angekommen schob er das Motorrad vor die Tür, zog sich eine Sonnenbrille auf und startete den Motor.

Nachdem er nochmals den Sitz des Rucksacks kontrolliert hatte, in den er die Plastiktüte mit den Vorrichtungen verstaut hatte, legte er den ersten Gang mit dem linken Fuß ein und fuhr mit Vollgas Richtung Pomorie.

Unterwegs ging er im Kopf nochmals den Plan durch, wie

44

er am besten ungesehen ins Haus gelangt, die Sachen anbringt und ungesehen wieder heraus kommt.

Nach einer viertel Stunde bog er von der Hauptstraße nach rechts Richtung Pomorie ab und folgte der Kniaz Boris 1 Street bis zum Ende.

Todor parkte vor einem kleinen Supermarkt an der Fußgängerzone und ging nach links zum Meer, um über die Promenade zum Haus des Professors zu gelangen.

Das Haus des Professors lag am Ende eines holprigen Steinweges. Todor schaute kurz nach links und rechts.

Niemand war zu sehen.

Er nahm einen dünnen Draht aus seiner Hosentasche und öffnete mit wenigen Handgriffen die Tür zum Haus.

Innen war es still und angenehm kühl.

Todor kontrollierte vorsichtig jedes der vier Zimmer, um sicher zu sein, dass er allein war.

Eine Vorrichtung im Rauchmelder der Wohnküche war seiner Meinung nach ausreichend für das gesamte Haus.

Die Wohnküche war der zentrale Ort im Haus und die Vorrichtung würde seinen Dienst bis in die hinterste Ecke der von dort abzweigenden drei kleinen Schlafzimmer tun.

Vorsichtig öffnete er den Rucksack mit der Plastiktüte. Seine Konstruktion passte perfekt in die Plastikverkleidung des Rauchmelders, die er soeben abgeschraubt hatte. Todor befestigte alles wieder an seinen Platz und verließ das Haus so geräuschlos, wie er es betreten hatte.

Vor dem Haus angekommen drückte er auf den grünen

Schalter einer kleinen schwarzen Fernbedienung, um den Bewegungsmelder im Inneren des Hauses zu aktivieren. Der im Rauchmelder versteckte Sensor wurde mit Strom versorgt und nahm seine Arbeit auf.

Todor verschwand in Richtung der Meerespromenade und wusste, dass alles nach Plan verlief.

Kapitel 9

Max spielte seit mehreren Stunden Schach am Computer, während der Professor und Ilena die möglichen Übersetzungen nach thrakischen Begriffen, Namen und Orten durchsuchten, die Tim per Email gesendet hatte.

„Mm", stutzte der Professor und schaute Ilena an.

„Was ist ? Hast Du was gefunden, Vater?"

„Ich bin mit nicht sicher, aber schau dir das hier mal an!" Er reichte ihr das Papier aus seiner Hand.

„Ich weis nicht, was du meinst."

„Nicht die Übersetzung selbst. Schau dir das Symbol an!"

Ilena schaute auf das Symbol aus vier senkrechten und einem wagerechten Balken .

„Wieso haben wir das vorher auf der Platte nicht gesehen?". Ilena schaute zu ihrem Vater.

„Weil dies nicht das originale Symbol von der Steinplatte ist. Der Drucker hat den Querbalken leicht nach oben geschoben."

„Ein Druckfehler ?" Max war noch auf sein Schachspiel am Computer konzentriert und hörte nur mit „halbem Ohr" hin.

„Eher ein Denkfehler !", brummte der Professor leicht verärgert darüber nicht früher darauf gekommen zu sein.

Max beendete sein Spiel und ging zu Ilena, die mit dem

Ausdruck in der Hand nachdenklich aus dem Fenster des Büros in die Ferne schaute. Er nahm ihr das Papier aus der Hand und schaute auf das Symbol.

„Ich würde auch gerne verstehen, was so besonders an diesem Druckfehler ist!".

„Wir sehen, was wir sehen wollen!". Der Professor erhob sich und stellte sich neben Max.

„Wir haben immer nach Symbolen und Zeichen gesucht, die identisch waren mit denen der alten Thraker. An leichte Veränderungen haben wir nicht gedacht."

„Sie kennen also dieses Symbol, Herr Professor?" Max hob überrascht den Kopf.

„Dieses Symbol ist das Hauptornament des Tempels von Sveshtare. Ein Team aus Sofia hat es 1982 unter einem Hügel entdeckt. Man hat diese Symbole für Dekorationen gehalten."

„Wir haben also den ersten Beweis für eine Verbindung zwischen den alten Thrakern und dem alten Ägypten!", verkündete Max gut gelaunt.

„Nicht wirklich." Ilena hatte sich zu ihnen gedreht und schaute Max in die euphorisch funkelten Augen. "Das Grab ist mindestens 2000 Jahre zu jung."

„Na toll! Wir sind also keinen Schritt weiter." Die gute Laune in ihm verflog.

„Wir sind sogar einen großen Schritt weiter." Der Professor packte Max aufmunternd an die Schultern. „Kann Dein Freund die Symbole auf der Steinplatte mit Symbolen der alten Thraker auf mögliche Ähnlichkeiten in ihrer Darstellung überprüfen?"

„Die wir dann auf thrakischen Artefakten suchen müssen!" Max verstand den Plan. "Ich werde ihm sofort eine Email schreiben". Er setzte sich an den Computer und schrieb:

Hallo Tim!
Ich brauche nochmals deine Hilfe. Es ist wirklich dringend. Überprüfe doch bitte die Symbole auf der Steinplatte mit denen der alten Thraker. Die thrakischen Symbole findest du auf folgender Webseite: www.lasarov.bg/symbols.html
Bis Bald
Max

Hastig drückte er die Taste mit dem Befehl „Senden", in der Hoffnung, Tim noch zu erreichen, bevor er zur Arbeit in die Firma ging.

„Können wir vielleicht was Essen? Ich habe nämlich wirklich großen Hunger!" Sein Magen knurrte schon seit einer halben Stunde und Max schaute hungrig zu Ilena und dem Professor.

„Fahren wir nach Hause, wo Ilena für uns kochen kann! " Der Professor nahm einen Aktenordner und alle Drei machten sich auf den Weg nach Pomorie.

Kapitel 10

Tim schlief vor seinem Fernseher, als ihn die Frauenstimme seines Computers erneut aus den Träumen riss.

Etwas benommen schaute er auf die Uhr.

„Oh. Schon so spät!", dachte er. „Ich muss so langsam ins Büro."

Tim wollte gerade aufstehen und in die Dusche gehen, um sich etwas frisch zu machen, als er sich daran erinnerte durch ankommende Emails auf seinem Rechner geweckt worden zu sein. Der Rechner lief rund um die Uhr und dank seiner DSL-Flatrate war er permanent online.

„Nicht schon wieder." Tim sah auf den Absender und wußte, dass Max mal wieder etwas von ihm wollte.

Er las die Textnachricht und klickte auf den Link, den Max in seiner Email angegeben hatte. Auf seinem Bildschirm tummelten sich hunderte von Symbolen und Zeichen.

Tim konnte es nicht lassen. Es war wie eine Sucht. Sobald er Rätsel und Symbole sah konnte er nicht widerstehen und musste einfach der Sache auf den Grund gehen. Das war auch der Grund, warum ihn seine letzte Freundin verlassen hatte. Sie wollte ihre Freizeit nicht mit irgendwelchen Rätseln oder Adventure Games verbringen. Tim hatte zwar versucht sich etwas anzupassen, aber nach einer Weile war es wieder über ihn gekommen. Das Verlangen vor dem Computer zu sitzen und in andere Welten abzutauchen war einfach stärker. Tim lebte in einer virtuellen Welt. Tagsüber saß er am Firmenrechner und entwickelte Softwarelösungen. Abends tauchte er wieder in seine virtuelle Welt voller Geheimnisse und Rätsel.

Die meisten seiner Freunde waren ebenfalls Spieler, nur Max war anders. Er nahm Tim mit in Discotheken und fuhr mit ihm in die Natur, um einfach Musik zu hören, Bier zu trinken oder einfach zu relaxen. Beide waren grundverschieden und trotzdem seit Jahren beste Freunde.

„Import abgeschlossen!" Es öffnete sich einige Minuten später ein Fenster auf seinem Bildschirm.

„Ok, dann legen wir mal los!" Er startete seine Software und begann damit, die Symbole auf Übereinstimmungen zu überprüfen, so wie Max es gewollt hatte. Die Ergebnisse konnte er dann gleich Morgen früh an Max mailen.

Das Programm berechnete hunderte Möglichkeiten und Tim machte sich nach einer kurzen Dusche und auf den Weg in die Firma.

Auf halbem Weg machte er noch einen Zwischenstop in der Bäckerei seines Onkels, um sich etwas zu Essen zu holen. Sein Onkel freute sich täglich darüber, daß Tim seine belegten Brötchen aus vollem Korn den aufgebackenen Brötchen in der Kantine seiner Firma vorzog.

In Wahrheit ging es Tim eher darum, in der Kantine dem Smalltalk zu entgehen und sich nicht in die üblichen

51

Lästereien über nicht anwesende Personen verwickeln zu lassen.

Er war in der Firma lieber ein Einzelgänger, als sich auf die zwischenmenschlichen Probleme und Konflikte einzulassen.

Es waren immer die selben Probleme, die zum hundertsten Mal diskutiert wurden. Seine Kollegen hatten mehr Freude daran über ihre Probleme zu reden, als Lösungen zu suchen. Tim war lösungsorientiert und wollte sich auch nicht vor Anderen dafür rechtfertigen müssen. Seine Welt war ihnen fremd und er zog es deshalb vor, allein zu arbeiten und sich in seinen Pausen mit Computerzeitschriften an seinem Schreibtisch auf dem laufendem zu halten.

Kapitel 11

Todors Auftraggeber hatte sein Zimmer im Hotel Bulgaria den ganzen Tag nicht verlassen. Er brauchte Antworten, nur schien er bisher die falschen Fragen gestellt zu haben.

Seit dem großen Debakel vor fünf Jahren wurde es immer schwerer, sein großes Ziel zu erreichen. Damals hätte ihn die Geschichte fast um Kopf und Kragen gebracht und er hatte nur mit sehr viel Mühe seinen Kopf aus der Schlinge ziehen können. Einen weiteren Fehltritt konnte er sich nicht leisten, das wußte er genau. Nie hätte er gedacht, dass dieser Lasarov zu seinem Gegenspieler werden würde. Ein Mann, der mehr über die Sache zu wissen schien, als er es zugeben wollte.

Erst als er das Siegel von Tiras im Büro des Professors gesehen hatte, wurde ihm der Ernst der Lage bewusst. Lazarov war für ihn bisher nur ein kleiner Stein im großen Mosaik gewesen, doch seit er das Foto gesehen hatte, drohte aus dem Professor ein Stolperstein zu werden.

Noch hatte er die Möglichkeit das Blatt zu wenden.

Todor musste einfach nur seinen Auftrag erledigen, wie er es in den letzten Jahren schon so häufig getan hatte.

Er war ihm das erste mal vor fünf Jahren begegnet, als er mit dem Rücken zur Wand stand.

Es war in Berlin.

Todor arbeitete damals für einen russischen Geschäftsmann. Dieser bot ihm ein Geschäft an und sorgte im Gegenzug für Todors Dienste. Seit damals war ihm klar, dass er auf Menschen wie Todor zurückgreifen musste um seine Ziele zu erreichen.

Todor war für ihn ein typisches Produkt der neuen Verhältnisse in Osteuropa seit 1989. Der ehemalige KGB hatte sich zu einer mächtigen Bedrohung für den Westen entwickelt. Kriminelle wurden mit riesigen Geldmengen versorgt und gründeten damit Firmen in Deutschland, Österreich und Kanada.

Waffen aus Bulgarien wurden über sie an die „Revolutionäre Einheitsfont" des notorischen Killers Foday Sankoh in Sierra Leone für seinen brutalen Krieg verkauft. Bezahlt wurde mit Diamanten aus den Mienen von Kono, wo Kinder nicht nur in den Mienen, sondern auch als Kindersoldaten missbraucht wurden.

Die russische Mafia war nichts anderes als ein Werkzeug des alten KGB und seinen Machthabern in Moskau. Todor war einer von denen, der die Drecksarbeit zu erledigen hatte.

Menschenrechte und Pressefreiheit wurden immer mehr beschnitten und ausländischen Hilfsorganisationen wurden geschlossen.

Todor gehörte zu den Menschen, die sich anpassen konnten und für Geld bereit waren alles zu tun.

Solange er Todor bezahlen konnte, erledigte er ohne Fragen jeden Auftrag. Sein Magen meldete sich vor Hunger und er beschloss nun doch das Zimmer zu verlassen, um im Restaurant etwas zu Essen.

Todor würde sich erst wieder melden, wenn er den Erfolg seiner Mission melden konnte.

Er ging durch die Tür Richtung Fahrstuhl und drückte auf den Knopf an der Wand.

Wenige Augenblicke später öffnete sich die Tür und er fuhr abwärts in den ersten Stock, wo sich das Restaurants des Hotels befand.

Das Restaurant lag direkt neben der Rezeption und bot eine gehobene internationale Küche, sowie bulgarische Spezialitäten wie Skumrja[3], Mesana[4] Skara[5] oder den mit Schafskäse, Tomaten und Gurken zubereiteten Sobska Salat.

Auch das Angebot an hochwertigen Weinen konnte sich sehen lassen.

Der Bulgarische Wein konnte auf eine fast 5000 Jahre alte Tradition zurückblicken. Schon Homer erwähnte in seiner Ilias die regelmäßigen Lieferungen von thrakischem Wein, die die Tore von Troja erreichten.

Er entschied sich nach kurzem Blick auf die Karte für das Gulasch vom Hammel mit Gemüse und Tomatenmark im Tontopf mit einem robusten Rotwein.

Der Kellner verschwand mit der Bestellung Richtung Küche. Während er auf seine Bestellung wartete verlor er sich in Gedanken über die Vorzüge einzelner Rebsorten wie Gamza, Mavrud, Pamid, Dimjat und Misket.

Seine Vorliebe für vollmundige Rotweine hatten ihn schon

früher nach Bulgarien geführt, doch diesmal hatte er leider
nicht die Zeit, um   auf verschiedenen Weingütern seiner
Schwäche für gute Weine nachzugehen. Erinnerungen an
Eichenfässer und interessante Gespräche über ihren Inhalt
stiegen in ihm auf.

„Molja⁈", sagt der Kellner, als er den Tontopf auf dem Tisch
serviert hatte.

„Blagodarja×", bedankte sich er   noch etwas in Gedanken
und machte sich dann daran seinen Hunger zu stillen,
nachdem er einen Schluck Wein gekostet hatte.

Kapitel 12

Der Professor, Max und Ilena hatten den Wagen im Schatten eines alten Baumes am Rand des Steinweges vor dem Haus geparkt und gingen auf die Eingangstür zu.

„Was wirst du denn für uns kochen?" Max hatte so großen Hunger, dass es ihm fast schon egal war, was sie kochte. Hauptsache es war schnell fertig.

„Hm, ich denke ich mache heute Mis - Mas⁹!"

„Misch Masch?" Max runzelte seine Stirn.

„Nein, Mis-Mas. Es besteht aus Rührei, Tomaten, Paprika und Schafskäse."

„Interessant! Kann ich dir dabei helfen? Ich bin immer auf der Suche nach neuen Rezepten, die ich nach der Uni für mich kochen kann."

„Habt ihr denn keine Mensa in der Uni?"

„Doch schon, aber ich koche auch gern für mich alleine, wenn ich mal etwas Abstand zur Uni brauche."

„OK, du kannst die Tomaten schneiden!"

An der Tür angekommen steckte der Professor den Schlüssel in das Schloss und öffnete die Tür.

Der versteckte Sensor im Rauchmelder schloss einen Kontakt, nachdem die drei das Haus betreten hatten und die Vorrichtung fing an zu arbeiten.

Sie sendete jedes Wort, was im Haus gesprochen wurde,

direkt an Todor, der einige Hundert Meter entfernt in seinem Lieferwagen saß und alles auf Tonband aufzeichnete.

Jetzt wo die Drei im Haus waren, konnte er in aller Ruhe den anderen Sender im Büro des Professors anbringen, während der Recorder alles aufzeichnete.

Er sollte täglich alle Mitschnitte der Gespräche übergeben und sein Geld entgegen nehmen. Wie lange das ganze gehen sollte, war ihm egal. Solange er sein Geld bekam, konnte es gerne noch mehrere Wochen dauern.

Todor öffnete die Hintertür des Lieferwagens, sprang auf die Strasse und verschloss danach alle Türen. Er setzte sich auf das Motorrad, was er direkt dahinter geparkt hatte. Mit dem anderen Sender im Gepäck machte er sich auf den Weg nach Burgas.

„Ob Tim wohl schon etwas gefunden hat?" Ilena zerschlug gerade einige Eier.

„Ich werde nach dem Essen meine Emails checken, dann wissen wir mehr. " Max saß vor dem Esstisch und zerschnitt eine Tomate in kleine Stücke, die er anschließend in eine Glasschüssel gab.

Kapitel 13

❀

Das Essen hatte köstlich geschmeckt und der Auftraggeber winkte den Kellner heran, um seine Rechnung zu bezahlen.

„Molja sa smetkata⁹.“

„Da?!“ Der Kellner verschwand, um kurze Zeit später mit der Rechnung an den Tisch zurückzukehren.

Achtzehn Lewa und Fünfzig Stotinki stand auf der Rechnung unter mehreren Reihen mit kyrillischen Buchstaben.

Er legte einen Zwanzig-Lewa-Schein auf den Tisch und stand auf, um wieder an der Rezeption vorbei, mit dem Fahrstuhl auf sein Zimmer im vierten Stockwerk des Hauses zu fahren.

„ Es wurde eine Nachricht für Sie hinterlassen!“ Eine kleine Frau mit einem blauen, knielangen Rock und weiser Bluse mit dem Logo des Hotels darauf stellte sich vor ihm in den Weg und wedelte mit einem Zettel herum.

„Oh, vielen Dank“, entgegnete er ihr trocken, nahm den Zettel entgegen und schaute auf eine Telefonnummer mit dem Vermerk „Dringend anrufen!“

Nervös ging er zum Fahrstuhl, um von seinem Zimmer aus die Nummer auf dem Zettel anzurufen. Er kannte die Nummer nur zu gut, aber es war nicht die Nummer von Todor. Sie gehörte Victor Kassjanow, einer der schillerndsten Figuren der Moskauer Unterwelt.

Er hatte sich vor fünf Jahren mit ihm eingelassen, um seine Probleme aus der Welt zu schaffen. Seitdem hatte Victor ihn in der Hand. Mit zittrigen Fingern wählte er die Nummer mit russischer Vorwahl.

„Was kann ich für Sie tun Victor?"

Seine Hände wurden feucht und seine Stimme klang nervös.

„Was machen Sie in Bulgarien?" Victor klang kultiviert und freundlich, aber in Wahrheit war er wie eine Python. Erst wickelte er seine Opfer ein, dann würgte er sie langsam zu Tode.

„Ich ...äh ... Urlaub! Ich mache hier gerade Urlaub".

Seine Stimme klang dünn durch die trockene Kehle. Er fühlte sich, als ob ihm etwas die Luft abschnürte.

„Sie würden mich doch nicht hintergehen, mein Freund?!" Victors Augen funkelten kalt. Warum treffen Sie sich dann nachts im Hafen mit Todor?"

„Das hat nichts mit unseren Angelegenheiten zu tun, Victor." Er tupfte sich den Schweiß mit einem Taschentuch von der Stirn.

„Also gut! Wir hören von einander!" Victor legte den Hörer auf die Gabel und schaute nach links zu Grigori, der die ganze Zeit neben dem Schreibtisch
seines Chefs gestanden hatte und auf weitere Anweisungen wartete.

„Ich glaube, du solltest unseren Freund etwas bei seinen Angelegenheiten über die Schulter schauen."

„Und wenn es Probleme gibt?"

„Weißt du was zu tun ist."

Grigori nickte wissend und verließ den Raum. Victor lehnte sich entspannt in seinen Schreibtischsessel zurück und schaute nachdenklich aus dem Fenster in den parkähnlichen Vorgarten seiner Villa.

Kapitel 14

Max und Ilena saßen ausgelassen am Küchentisch im Haus in Pomorie, nachdem sie zusammen das Essen zubereitet hatten.

Der Professor gesellte sich erst zu ihnen, als das Essen fertig war. Er war glücklich darüber, seine Tochter mal wieder so ausgelassen und voller Freude zu sehen und wollte die Beiden beim Zubereiten des Essens lieber alleine lassen.

Ilena hatte für ihn ihre eigenen Bedürfnisse vernachlässigt und nach dem Tod seiner Frau auf so vieles verzichten müssen.

Sie verbrachte mehr Zeit im Institut, um Spuren von alten Kulturen für ihn zu suchen, als mit anderen jungen Leuten das Leben zu genießen, so wir er es in ihrem Alter getan hatte.

Sie war bis zum Tod ihrer Mutter eine so begabte Pianistin gewesen und wollte nach dem Schule unbedingt Musik studieren, um später als Solistin Karriere zu machen, aber seit dem Todestag ihrer Mutter stand das Klavier ungenutzt in ihrem Zimmer. Es war als ob Ilena die Freude am spielen mit ihrer Mutter beerdigt hatte.

Er hatte sich damals in seine Arbeit gestürzt und war froh darüber gewesen, als Ilena sich für das Studium der Archäologie entschieden hatte. So konnten beide zusammen arbeiten und miteinander Gespräche führen ohne über den Verlust zu reden, den sie erfahren hatten. Jedes Andenken an seine geliebte Frau kostete ihn auch nach Jahren noch so unendlich viel Kraft, das er es vorzog jeden Gedanken an sie zu verdrängen und sich auf seine Arbeit zu konzentrieren.

Ilena schien es ähnlich zu gehen und er war ihr dafür äußerst dankbar. Dieser Max hatte in ihr etwas geweckt, worauf er schon viel zu lange hatte warten müssen. Sie war eine wunderschöne junge Frau und interessierte sich mehr für längst verstorbene Kulturen, als für junge Männer.

Das schien sich jetzt anscheinend zu ändern.

„Sag mal Max, was machen eigentlich deine Eltern beruflich?", unterbrach er das Gelächter der Beiden.

„Nun, mein Vater ist Geschäftsführer der Ritter Privat Bank und meine Mutter war dort früher als Bankkauffrau beschäftigt, bis ich geboren wurde."

„Ihr habt eine eigene Bank?"

„Genau genommen gehört die Bank einer Investorengruppe. Mein Vater hat das Konzept entwickelt und mit seinem Namen an die Investoren verkauft. Nach einigen Problemen mit dem alten Geschäftsführer hat man ihm dann den Posten Angeboten und so wurde er zum Geschäftsführer."

„Und warum arbeitet ihr nicht zusammen in der Bank?"

„Die Beziehung zu meinem Vater ist nicht so ganz einfach." Max wurde etwas verlegen. Er wollte nur ungern über die Probleme zu seinem Vater sprechen und überlegte, wie er am schnellsten das Thema wechseln konnte, ohne unfreundlich zu wirken.

"Meine Mutter und er haben sich davon überzeugen lassen, das ich meine Zukunft eher der Erforschung alter Kulturen widmen möchte, als mit der Analyse von Zahlen auf den Konten reicher Leute, denen es eigentlich vollkommen egal ist, was mit ihrem Geld passiert solange ihre Renditen stimmen." Max nahm einen großen Bissen, kaute darauf herum und hoffte das Thema damit erledigt zu haben.

„Diese Leute finanzieren mit ihren Renditen viele Projekte in der Archäologie." Professor Lasarov sah Max belehrend an. „Expeditionen konnten immer schon nur mit Hilfe reicher Gönner finanziert werden."

Max erinnerte sich an einige peinliche Abende, die er mit seinem Vater bei solchen Gönnern verbringen musste und regte sich von Neuem darüber auf.

„Diese Leute können eine ägyptische Vase nicht von einem Blumentopf aus dem Baumarkt unterscheiden. Die stellen sich doch ein Artefakt nur deshalb in ihr Wohnzimmer, damit sie damit angeben können.

Sich von solchen Leuten unterstützen zu lassen ist ein Frevel !"

„Manchmal geht es leider nicht anders." Der Professor holte tief Luft. Dann erhob er das Weinglas und prostete versöhnlich zu Max, der darauf hoffte, das Thema damit endgültig beendet zu haben.

„Max glaubt fest daran, dass sein Freund Tim uns weiterhelfen kann!" Ilena lächelte ihren Vater charmant an und versuchte das Tischgespräch wieder auf ein Thema zu lenken, bei dem alle einer Meinung waren.

„Tim ist ein Genie und mein bester Freund. Wenn es Übereinstimmungen gibt, dann wird er sie auch finden."

Max war Ilena dankbar für den Themenwechsel.

Professor Lasarov kaute schweigend auf seinem Essen herum. Er war es nicht gewöhnt, von Studenten wegen seiner Arbeit kritisiert zu werden. Max war zweifellos jemand mit einem festen Standpunkt und ethischen Grundsätzen. Das war er früher auch, aber er wurde schnell eines Besseren belehrt.

Erst waren es die Politoffiziere, die seine Arbeit für ihre Propaganda nutzten und seit dem Fall der Sowjetunion war Geldmangel das Hauptproblem. Er war immer wieder auf private Geldgeber angewiesen, um überhaupt noch arbeiten zu können. Diese Leute finanzierten mit ihrem Vermögen das Fortbestehen des Institutes.

„Ich geh noch mal an die frische Luft, um das gute Essen besser zu verdauen." Er stand auf, bedankte sich mit einem Kuss auf die Wange von Ilena für das Essen und verließ das Haus.

„Ich wollte deinem Vater nicht kritisieren." Max schaute etwas hilflos zu Ilena.

„Mach dir keine Sorgen. Mein Vater mag dich. Er muss sich nur ständig mit irgendwelchen Leuten arrangieren, die seine Arbeit finanzieren. Ohne sie hätte die Universität seinen Lehrstuhl längst aus Geldmangel abgeschafft. Und jetzt kommst du und machst ihm deshalb einen Vorwurf."

„Hm, das wollte ich nicht." Max ärgerte sich darüber, seine Meinung anderen   Leuten oft einfach zu sagen, ohne darüber nachzudenken. Das hatte auch immer wieder zu den Konflikten mit seinem Vater geführt.

„Ich schau dann mal nach meinen Emails." Max ging in sein kleines Zimmer und fuhr seinen Laptop hoch.

Nach kurzer Zeit war er online.

„Keine neuen Emails." Er unterbrach die DFÜ-Verbindung seines Modems und clickte auf das Icon mit dem Pferdekopf in seinen Progammdateien. Mit Schach konnte er am besten entspannen.

Sein Gedanken konzentrierten sich auf die Partie, die er seit Tagen versuchte zu gewinnen und vergaß die Welt um sich herum.

Kapitel 15

❁

Dass Victor von seinen Aufenthalt in Bulgarien erfahren hatte, wunderte Todors Auftraggeber kaum.

Aber wie schnell war geradezu unheimlich.

Victor war anscheinend überall.

Er musste direkten Zugriff auf Informationen der Fluggesellschaften und der Polizei haben, um ihn so schnell zu finden.

Sein Aufenthalt in Bulgarien, hatte nichts mit Victors Geschäften hier zu tun.

Sollte Victor ihn doch beobachten lassen, er hatte Wichtigeres zu tun. Todor würde ihm sicher bald die ersten Bänder bringen und dann hatte er Gewissheit darüber, ob Lasarov tatsächlich ein ernst zu nehmender Gegner war.

Als es an der Tür klopfte, zuckte er kurz zusammen.

Vorsichtig öffnete er die Tür nur um wenige Zentimeter um durch den schmalen Spalt auf den Flur hinaus zu schauen.

Es war menschenleer.

Vor seiner Tür lag ein Umschlag. Er öffnete die Tür noch etwas weiter, um den Umschlag nehmen zu können.

Das Licht des Flures warf einen hellen Kegel in das abgedunkelte Hotelzimmer.

Man hörte deutlich das Einrasten der Türverriegelung, als er die Tür schloss und den Schlüssel mehrmals herumdrehte.

„Die ersten Bänder". Er hatte den Umschlag aufgerissen und ging nun auf das Bett zu, auf dem ein Kassettenrecorder lag, um sich liegend die ersten Stunden der Überwachung anzuhören.

Er legte die Kassette ein, setzte den Kopfhörer auf und machte es sich auf dem Hotelbett bequem.

Die Arme verschränkte er hinter seinem Kopf und lauschte den Gesprächen der vergangenen Stunden im Haus des Professors, während ....

... es dort zur gleichen Zeit totenstill war. Ilena hatte sich direkt nach dem Abwasch schlafen gelegt.

Max war nach 3 Stunden durch seinen Computer Schach und Matt gesetzt worden. Er hatte sich noch kurz unter die warme Dusche gestellt, um seine Nackenmuskulatur durch die Wärme etwas zu lockern. Danach hatte er sich ebenfalls schlafen gelegt.

Der Professor hatte einen großen Spaziergang am Strand von Pomorie gemacht. Er war mit seinen Füssen durch das Wasser gelaufen und hatte dem Feuerball der Sonne beim Untergang hinter den Bergen zugesehen. Er war als letzter wieder ins Haus gekommen, hatte noch ein Glas Wodka getrunken und sich dann zur Ruhe begeben.

Diese Nacht träumte er wieder von seiner toten Frau. Sie stand auf einer wunderschönen Wiese mit Blumen und hielt etwas in ihrer Hand.

Er versuchte ihr näher zu kommen, aber je näher er kam, desto weiter entfernte sie sich wieder von ihm.

Er fing an zu rennen, aber der Abstand zu ihr wurde nicht kürzer. Nach einer Weile löste sie sich einfach auf. Er ging zu der Stelle, an der sie eben noch gestanden hatte. Am Boden war ein Symbol in den Boden gebrannt.

Es sah irgendwie ägyptisch aus, aber er konnte es weder einordnen, noch seine Bedeutung auf irgend einer Weise deuten ...

Kapitel 16

❀

Ilena hatte die ganze Nacht nicht besonders gut geschlafen. Die kleine Unstimmigkeit zwischen ihrem Vater und Max hatte sie nicht richtig zur Ruhe kommen lassen. Sie konnte beide Seiten verstehen wollte aber nicht, dass Beide deswegen streiten. Sie hoffte, das Ganze hätte sich über Nacht in Luft aufgelöst und keiner dem anderen etwas nachtrug.

Die Muskeln an ihrer Wirbelsäule schmerzten, als sie versuchte ihre morgendlichen Yogaübungen zu machen.

Sie atmete tief in den Schmerz, der nur langsam einem wohligen Gefühl Platz machte und ihrem schlanken Körper die Geschmeidigkeit zurück gab, die sie durch ihr regelmäßiges Training gewohnt war.

„Ilena, bist du schon wach?" Max klopfte an ihre Tür und wartete auf eine Antwort.

„Ja, ich mache gerade Yoga!"

Max stellte sich Ilena vor, wie sie gerade im Lotossitz auf dem Boden „OM" sang. Er musste leise auflachen. „ Wenn du mit der Welt wieder im Einklang bist, interessiert dich vielleicht, was Tim rausgefunden hat."

Ilena verdrehte die Augen. Warum müssen Männer nur immer irgendwelche Bemerkungen über Yoga machen, ohne es selbst mal ausprobiert zu haben. „Ich bin in zehn

70

Minuten bei Euch!"

„Ist OK!" Max drehte sich schmunzelnd um und entfernte sich von der Tür.

Ilena machte noch schnell einen Kopfstand, um ihr Gehirn besser zu durchbluten und legte sich dann noch einige Minuten gerade auf den Fußboden.

Anschließend duschte sie ausgiebig und machte sich mit nassen Haaren auf den Weg in die Wohnküche, wo Max und ihr Vater schon einträchtig damit beschäftigt waren, über die Ergebnisse von Tims Resultaten zu diskutieren. Sie war froh darüber, die Beiden wieder friedlich zusammen zu sehen.

„Was gibt es denn Neues?" Ilena beugte sich hinter Max stehend leicht nach vorne, um einen Blick auf den Ausdruck zu werfen, den Max gerade las.

„Das ist wunderbar!" Professor Lasarov schlug Max anerkennend auf die Schulter.

„Äh ... ja ... wunderbar!" Max war betört vom Duft, den Ilena gerade hinter ihm verbreitete. Ihre langen, nassen Haare berührten seine Schläfen und er musste sich sehr stark konzentrieren, um wieder an Tims Resultate zu denken.

„Tim hat einige Übereinstimmungen mit ägyptischen „Short-Hands" gefunden."

„Short-Hands?" Ilena beugte sich noch etwas weiter zu Max hinunter, dessen Kribbeln im Bauch daraufhin noch stärker wurde.

„Short -Hands sind eine Art vereinfachte Symbolik. Wenn keine Zeit dazu war, die ganzen Symbole zu schreiben,

71

wurden sie halt einfach nur angedeutet."

„Und wo sind die Übereinstimmungen mit den thrakischen Symbolen?" Ilena spürte so langsam, das sie Max nervös machte und setzte sich deshalb neben ihren Vater.

„Es gibt tatsächlich eine deutliche Ähnlichkeit zu einigen Symbolen von der Homepage deines Vaters. Tim hat auch schon eine alte thrakische Steinplatte aus dem Internet geladen, um zu sehen, ob die Gleichsetzung mit Ägyptischen Symbolen eine mögliche Übersetzung erlaubt."

„Und ?" Ilena war vor Spannung ganz ungeduldig. Sie spielte mit ihren Haaren und rutschte unruhig auf ihrem Stuhl herum.

„Es gibt eine mögliche Übersetzung. Auf dieser Steintafel aus Karanovo steht bei Anwendung der ägyptischen Übersetzung sinngemäß: „Der Eine wurde eingeweiht in das Mysterium von Tod und Wiedergeburt. Er wurde wiedergeboren und seine neue Natur ist göttlich. Er hat alle Lügen hinter sich gelassen und kennt alle Wahrheit. Er regiert gerecht und wahrhaftig mit Zepter und Krone als Herrscher über beide Welten."

Max legte Tims Übersetzung vor sich auf den Tisch und schaute zu Ilena und dem Professor. "Wie alt ist diese Tafel aus Karanovo?"

„Mindestens tausend Jahre älter, als alles was jemals in Ägypten gefunden wurde."

„Wir haben es geschafft!" Ilena umarmte ihren Vater überglücklich.

Kapitel 17

●

Einige Stunden später saß Todor im Zimmer seines Auftraggebers im Hotel Bulgaria. Er hatte Todor sofort angerufen, als er die Bänder des Morgens durchgehört hatte. Er war sprachlos.

Lasarov hatte Beweise für den Ursprung der Kultur Altägyptens hier in Bulgarien !

Der Professor und seine Tochter waren dabei, die komplette Geschichte der Ägypter umzuschreiben. Wenn die Beiden damit an die Öffentlichkeit gingen, wäre das eine Sensation. Aber das Ganze würde auch bedeuten, dass er auf der Suche nach seinem Ziel vollkommen falsch gelegen hatte. Alles würde sich dadurch ändern. Er musste etwas tun, bevor Professor Lasarov seine Pläne durchkreuzte.

„Was soll ich tun?" Todor trank einen Schluck Cola aus der Dose, die er sich aus der Minibar genommen hatte.

„Schaffen sie das Mädchen irgendwo hin, wo sie niemand findet, aber ohne ihr auch nur ein Haar zu krümmen. Ich will nicht, dass ihr etwas passiert, nur ihren Vater dazu bringen, meine Arbeit zu unterstützten."

„Warum fragen sie ihn nicht einfach und bitten um seine Hilfe?"

„Ach, Todor. Sie verstehen auch gar nichts. Wenn ich dem

Professor Einblick in meine Arbeit gebe, wird er mein Ziel erkennen und vor mir dort sein. Ich muss sein Wissen für mich nutzen, ohne meine Karten offen zu legen. Das geht nur mit etwas Druck. Niemand wird je erfahren, wie ich an mein Ziel gekommen bin, solange es keine Verbindung zu mir gibt."

„Wie lange soll denn die Kleine verschwinden?" Todor war aufgestanden und stellte die leere Cola auf den Tisch.

„Solange, bis ich mein Ziel erreicht habe. Ich denke ein paar Tage reichen aus, um an die Informationen zu kommen."

„Tausend Euro täglich. Das ist mein Preis." Todor schaute ihm eiskalt in die Augen.

„Tausend Euro? Sie sollen die Kleine nur einige Tage verstecken und danach einfach laufen lassen. Er blickte Todor ungläubig an.

„Wir sprechen hier über eine Entführung und nicht über einen Sonntagsausflug!" In Todors Augen funkelte der Zorn.

„OK, tausend Euro täglich, aber der Kleinen darf nichts passieren!" Er nickte Todor unsicher zu. „Und niemand darf je von der Sache erfahren!?"

Todor verließ das Zimmer und machte sich daran, seinen neuen Auftrag vorzubereiten. Er machte sich weniger Sorgen um die Entführung, als um die Frage, ob sein Auftraggeber die Nerven behalten würde. Wenn nicht, musste er dafür Sorgen, dass niemand von der Sache erfuhr.

Kapitel 18

❀

Max und Ilena hatten den ganzen Tag gut gelaunt am Strand verbracht, während der Professor an der Veröffentlichung ihrer Ergebnisse arbeitete.

„Ich hoffe, dein Vater erwähnt auch meine Arbeit und will die Lorbeeren nicht für sich allein beanspruchen." Max hielt Ilena zuvorkommend die Eingangstür zum Haus des Professor auf.

„Welche Arbeit? Das meiste hat Tim für uns erledigt!" Ilena lächelte ihn strahlend an, während sie durch die Tür das Haus betrat.

„Naja, er ist aber mein Freund und ohne mich wäre niemand auf die Idee gekommen, eine selbstgeschriebene Software für Computerspiele dafür zu benutzen." Max grinste zufrieden und ließ die Tür hinter sich ins Schloss fallen.

„Ich werde erwähnen, dass Dank der Faulheit des Studenten Max Ritter, der seine Arbeit durch Spielesoftware erledigen lies, anstatt sie selbst zu machen, wir auf den genialen Tim gestoßen sind, der uns den Durchbruch ermöglichte." Professor Lasarov hatte das Gespräch der Beiden mitgehört und konnte sich diesen ironischen Kommentar nicht verkneifen.

„Was wohl dein Professor in Deutschland von deinen Methoden so hält, wenn er davon erfährt." Ilena setzte sich neben ihren Vater an den Tisch der Wohnküche und beide schauten Max mir einem breiten Grinsen an.

„Hey, das ist unfair!" Max schmollte wie ein Kind, dem man den Lutscher geklaut hatte.

„Ok". Der Professor hob nachgebend beide Arme. „Ich werde dich lobend erwähnen."

„Gut. Akzeptiert!" Max machte ein wieder zufriedenes Gesicht. „Ich geh mir dann mal das Salzwasser abduschen." Er drehte sich in Richtung seines Zimmers und machte sich auf den Weg.

„Könntest du für mich nochmals zur Universität fahren?", erkundigte sich der Professor bei seiner Tochter.

„Na klar. Was soll ich holen?" Sie band sich ihre feuchten Haare hinter dem Kopf mit einem Haarband zu einem Pferdeschwanz zusammen.

„Ich brauche das Buch von Josephus Flavius."

„Ok. Ich geh mich nur auch schnell duschen und fahre dann sofort los". Ilena stand auf, ging eilig auf ihr Zimmer, um nach einer kurzen Dusche das Haus mit dem Auto Richtung Burgas zu verlassen.

Max kam einige Minuten, nachdem Ilena das Haus verlassen hatte, frisch geduscht zurück in die Wohnküche.

„Wo ist Ilena?"

„Ich habe sie in mein Büro geschickt, um mir ein Buch zu holen."

„Ach so. Ich geh dann ein wenig spazieren." Max öffnete die Tür.

Kapitel 19

○

Ilena parkte den Wagen direkt vor dem Institut der menschenleeren Universität. Sie war es gewohnt, um diese Uhrzeit nur noch den alten Wachmann im Gebäude zu treffen.

Auf dem Weg zum Haupteingang bog sie gerade um eine der Ecken, als ihr schwarz vor den Augen wurde. Sie hob erschrocken die Hände zu ihrem Mund, aber bevor ihre Finger das Tuch in ihrem Gesicht greifen konnten, verlor sie das Bewusstsein.

Todor hatte Ilena mit seinen linken Arm gekonnt fixiert, während er ihr mit der rechten Hand ein mit Betäubungsmittel getränktes Tuch auf Nase und Mund drückte. Er zog Ilena auf den Boden hinter den Mülltonnen und wartete, bis sie jeden Widerstand aufgab.

Seine Augen blickten kurz über den Rand der Tonnen.

Nichts und Niemand war zu sehen.

Todor fixierte Ilenas Arme und Beine mit einem Klebeband und stopfte ihr einen alten Socken in den Mund. Danach lief er zu einem nahe abgestellten Lieferwagen und parkte ihn mit der seitlichen Schiebetür direkt vor den Mülltonnen.

Ilenas schlanker Körper war leicht und Todor hatte ihn

Sekunden später auf der Ladefläche des Lieferwagens verstaut und fuhr damit stadtauswärts.

Ilenas Körper wurde durch die holprigen Strassen hin und her geworfen und ihr Bewusstsein kehrte langsam wieder zurück. Sie hatte starke Kopfschmerzen und spürte das Klebeband mit dem ihre Arme und Beine fixiert waren.

Wie in Trance versuchte sie immer wieder ihre Hände zu lösen, aber alle Versuche waren vergeblich. Wütend trat sie mit beiden Füssen gegen die Außenwand des Lieferwagens. Der Kraftaufwand verbrauchte mehr Sauerstoff, als sie durch die Nase aufnehmen konnte und sie musste erst einmal jede Anstrengung aufgeben um wieder etwas Luft zu bekommen.

Nach einer Weile spürte sie, wie der Lieferwagen seine Fahrt verlangsamte, nach rechts bog und anschließend zum Stillstand kam.

Sie hörte wie jemand die Fahrertür schloss und um den Wagen lief.

Sie hatte panische Angst.

Die seitliche Schiebetür wurde aufgezogen und sie sah einen maskierten Mann.

Sie schrie, aber durch den Socken in ihrem Mund wurde jeder Ton verschluckt.

Todor packte sie über seine kräftigen Schultern und trug Ilena starr vor Angst in den Schuppen vor dem er geparkt hatte.

Drinnen setzte er ihren Körper auf einem alten Holzstuhl,

verband ihr die Augen mit einem schwarzen Tuch und zog ihr den Socken aus dem Mund, damit sie genug Luft bekam. Ilena schnappte nach Luft. "As se kaswam Ilena Lasarov[20]". Ihre Stimme klang ängstlich, aber sie hoffte auf eine Verwechselung.

Keine Antwort.

„Shadna ßem[21]!" Die ganze Anstrengung hatte sie durstig gemacht. Sie hörte wie jemand etwas aufschraubte. Eine Flasche wurde ihr an den Mund geführt. Sie trank hastig einen Schluck - Es war frisches Wasser. „Merci. koj e[22]?". Sie ahnte das ihr Entführer ihr keine Antwort darauf geben würde.

Todor verließ den Schuppen und ging zum Lieferwagen, um das Mobiltelefon auf dem Beifahrersitz zu benutzen. Er wählte und wartete bis am anderen Ende der Leitung abgehoben wurde. „Ich habe die Kleine!"

Er beendete das Gespräch und ging wieder zurück in den Schuppen.

Kapitel 20

❁

Im Hotel Bulgaria saß Todors Auftraggeber noch mit dem Hörer in der Hand, als ihm bewusst wurde, was er getan hatte. Er hatte die Tochter eines Archäologen entführen lassen, um ihren Vater dazu zu bringen, ihm die Antworten auf einige Fragen zu geben, die er vergeblich versucht hatte zu finden.

„Ich darf meine Resultate auf keinen Fall preisgeben, sonst würde man mich sofort verdächtigen und alles wäre umsonst gewesen." Oder noch schlimmer: Jemand konnte vorher am Ziel sein.

Das größte Problem bestand darin, nur soviel Informationen preiszugeben, dass der Professor seine Fragen beantworten konnte, ohne aber zu ahnen, worum es eigentlich ging.

Die letzten Stunden hatte er damit verbracht Symbolketten auf dem Laptop so zu verändern, dass Herrscherzeichen und Namen nicht mehr zu erkennen, aber als neutrale Bezugspersonen vorhanden waren. So wurde aus einem bekannten Namen eine undefinierbare Person, auf die sich verschiedene Angaben bezogen, ohne einen Rückschluss auf die Person zu zulassen. Ohne die Namen war die Übersetzung für andere wertlos. Mit Namen allerdings war sie unbezahlbar. Der Professor würde niemals nachvollziehen können, was er übersetzt hat. Seine Tochter wäre wieder frei und wenn etwas Gras über die Sache gewachsen wäre, könnte er in aller Ruhe in Ägypten das Ziel seiner Träume finden. Er speicherte die veränderten Symbolketten auf eine Diskette und steckte sie in die Tasche seines Jacketts. Anschließend verließ er das Hotel in Richtung der Kathedrale Kiril und Method.

Am Baba Ganka Platz ging er in die Auffahrt eines alten Hauses mit dem Schild „Internet-Cafe". Er setzte sich an einen der acht Rechner, schob seine Diskette in das Laufwerk und sendete von einem anonymen Emailanbieter eine Nachricht an Professor Lasarov.

Auf dem Weg nach draußen bezahlte er zwanzig Stotinki an einen Teenager, der an einem Rechner spielte.

Jetzt konnte er nur noch abwarten und hoffen, dass es nicht so lange dauerte. Tausend Euro kostete ihn Todor jeden Tag und die Gefahr wuchs, Todor könnte dem Mädchen vielleicht doch etwas antun. Todor war zwar ein Profi, aber die Hand würde er für ihn nicht ins Feuer legen. Die Tochter des Professors war sehr attraktiv und Todor ein Krimineller, der schon so einiges auf dem Kerbholz hatte.

„Nur die Ruhe. Es wird schon Alles gut gehen." Er überquerte den Baba Ganka Platz ging über eine Seitenstrasse auf die Aleksandrowska, um sich in einer der zahlreichen Bars wieder ein wenig Mut anzutrinken.

In einer kleinen Bar setzte er sich an den Tresen und bestellte einen Wodka mit Zitrone und sehr viel Eis.

Der Wodka brannte in seiner Kehle, aber nach einer Weile breitete sich in seinem Magen eine wohlige Wärme aus.

Nach dem zweiten Wodka entspannte er sich mehr und mehr und nach dem Dritten waren alle seine Zweifel verflogen, sein Plan könnte auch nur im im Geringsten scheitern.

Siegessicher machte er sich auf den Weg zurück ins Hotel. Er hatte noch so einiges vor sich heute Nacht. Wenn der Professor die Nachricht erhielt, wäre es wohl vorbei mit der Nachtruhe.

Kapitel 21

Max kam gerade von seinem Spaziergang zurück, als er durch das Fenster den Professor nervös in der Wohnküche auf- und ablaufen sah.

„Was ist denn los?" Max schlug die Haustür zu und betrat die Wohnküche.

„Ilena ist noch nicht zurück." Der Professor seufzte und sah Max an.

„Vielleicht hat sie noch eine Freundin getroffen." Er wunderte sich über die Aufregung des Professors.

„Ich habe den Wachmann angerufen. Ihr Auto steht auf dem Parkplatz, aber sie hat das Gebäude nicht betreten." Seine Stimme bebte vor Aufregung.

Max überlegte. „Dann können wir einen Autounfall zum Glück ausschließen. Ich denke aber immer noch, das es keinen Grund dafür gibt, sich Sorgen zu machen. Ihre Tochter ist eine erwachsene Frau und kann sehr gut auf sich aufpassen."

„Vielleicht hast du recht ...", er atmete tief durch. „... und ich mache mir wirklich zu schnell Sorgen um meine Ilena, aber seit dem Tod ihrer Mutter ..." Der Professor verschluckte den Rest des Satzes und setzte sich auf einen der Stühle, auf denen sie sonst zusammen zum Essen saßen.

„Wenn es sie beruhigt, fahre ich mit dem Bus zur Uni und schaue mich dort etwas um. Sie bleiben hier und warten, falls sich ihre Tochter meldet."

„Das ist eine gute Idee, Max."

„Bis nachher!"

Max verließ das Haus und ging durch die kleinen Gassen bis zur Fußgängerzone. Am anderen Ende lag die Bushaltestelle, die er einige Minuten später erreicht hatte.

Die Busse fuhren von hier alle dreißig Minuten direkt nach Burgas. In Burgas musste man nur noch vom Busbahnhof über die Aleksandrowska bis zur Universität laufen. Das dauerte gerade einmal zwanzig Minuten. Er hatte sich schon etwas darüber gewundert, dass so wenige Studenten den Bus nahmen. Sie fuhren lieber mit den Autos direkt vor die Universität, um ja keinen Schritt zu viel zu machen. Das hatten sie gemeinsam mit ihren Kommilitonen im Rest Europas. Der Lebensstandard der Studenten wuchs mit jedem neuen Semester, während das Einkommen für Akademiker nach dem Studium kontinuierlich sank.

Viele junge Akademiker fristeten ihre Laufbahn damit von einem unbezahlten Praktikum zum Nächsten zu wandern, um etwas Berufspraxis nachweisen zu können. Die großen Firmen nutzten das schamlos aus. Sie versprachen jedem einen Job, der sechs Monate kostenlos für sie als Praktikant gearbeitet hatte. War die Zeit um, konnte die versprochene Stelle aus irgendeinem organisatorischen Grund dann doch nicht geschaffen werden. Aber dafür neue unbezahlte

85

Praktikumsplätze. Das Angebot an Absolventen war groß und solange ein bekanntes Logo auf der Ausschreibung stand, war der akademische Nachwuchs bereit sich gnadenlos ausbeuten zu lassen.

Ein Bus mit dem Schild Burgas in kyrillischen und lateinischen Buchstaben hielt an und Max bestieg mit einigen anderen den Bus nach Burgas.

Kapitel 22

❄

Ilena hatte die letzten Stunden vergeblich versucht, Kontakt mit ihrem Entführer aufzunehmen. Sie spürte seine Anwesenheit im Raum und hörte ihn zeitweise, aber ihre Fragen blieben stets unbeantwortet.

Sie zuckte jedesmal zusammen, wenn er sich ihr näherte und atmete durch, wenn er sich von ihr entfernte.

Durch die Augenbinde und der unbequemen Körperhaltung war es schwierig sich zu orientieren. Sie hörte von draußen nur das Zwitschern der Vögel und das Knarren einer Holztür, wenn der Entführer den Raum verließ. Manchmal konnte sie seine Blicke geradezu spüren und betete, er möge sie nicht anrühren.

Was wollte der Entführer bloß von ihr? War es doch keine Verwechselung?! Ihre Familie war nicht reich genug, um Lösegeld zu fordern.

Die Arme schmerzten von der steifen Körperhaltung, in der sie sich befand.

„Tuk me boli᠍". Ilena hob die auf den Rücken gefesselten Hände etwas an, in der Hoffnung, der Entführer würde die Fixierung etwas lösen.

Todor stellte sich hinter Ilena und band einen Kabel um ihre Hände. Danach durchtrennte er das eng sitzende

Klebeband mit einem Messer.

Ilena konnte ihre Arme jetzt etwas freier bewegen.

„Blagodarja[x]", seufzte sie erleichtert.

Todor betrachtete Ilena von Kopf bis Fuß.

Sie war genau sein Typ. Ihre langen, lockigen Haare, das wunderschöne Gesicht und die wohlgeformten Brüste, die unter ihrem engen Shirt gut zu sehen waren. Er wußte, er sollte sie in Ruhe lassen. Sein Auftraggeber wünschte ihre vollkommende Unversehrtheit und solange er zahlte, würde das auch so bleiben.

„Kak ßste[x]", brach er sein Schweigen und erkundigte sich nach Ilenas Befinden.

„ßtrach me e[15]!" Sie hatte sogar furchtbare Angst.

Todor schwieg wieder und machte sich daran, seinen Schlafsack auszubreiten. Entführungen setzten immer ein bisschen Planung voraus, um auf alle Eventualitäten vorbereitet zu sein. Er hatte immer genug zu Essen und zu Trinken in seinem Lieferwagen, auch ein paar Medikamente und Insulin für Diabetiker, denn er arbeitete aus Sicherheitsgründen immer allein. Nach einer Entführung war es fast unmöglich, Medikamente und andere Dinge zu besorgen, ohne in Gefahr zu geraten, durch einen misstrauischen Verkäufer oder Apotheker an die Polizei verraten zu werden. Denunzianten gab es noch mehr als genug. Es war ein Relikt der Sowjetunion, in der es üblich war selbst Freunde, Nachbarn oder die eigene Familie an die Miliz zu verraten.

Genau wie die alltägliche Korruption, die er sich selbst oft zu Nutzen machte, um an Informationen oder Dinge zu gelangen, die anders nicht zu bekommen waren. Selbst behördliche Anträge wurden häufig erst bearbeitet, wenn man dem zuständigen Beamten etwas Geld zusteckte. Die Schattenwirtschaft in den Ländern der ehemaligen Sowjetunion hat bis heute Tradition, ebenso die Tatsache: Die durchschnittlichen Einkommen waren mindestens doppelt so hoch waren, wie offiziell angegeben.

Todor überprüfte noch kurz den Sitz der Fesseln an Ilenas Extremitäten und legte sich auf den Schlafsack, um etwas zu schlafen.

Kapitel 23

❁

„Stop!". Der alte Wachmann stellte sich direkt vor Max, als dieser den Eingang der Universität betrat.

„As se kaswam Max Ritter[15]. As terßja Ilena Lasarov[16] ?" Max hatte diese zwei Sätze während der Busfahrt aus seinem Reiseführer gelernt, in der Hoffnung Ilena wäre inzwischen in der Universität aufgetaucht.

„Ilena?" Der Wachmann hob unwissend seine Schultern.

„Hm .... blagodarja[17]! ... Dowishdane![17]". Max verließ das Gebäude und suchte nach Ilenas Auto auf dem Parkplatz.

Am Auto angekommen schaute er sich in alle Richtungen suchend um.

Keine Spur von Ilena.

Während er sich fragte, wohin Ilena von hier aus gegangen sein konnte, hörte er hinter sich ein krachendes Geräusch.

Blitzschnell drehte er sich zu den Mülltonnen, von wo er die Ursache vermutete.

Nichts war zu sehen.

Er näherte sich langsam der dunklen Ecke mit den Mülltonnen und vernahm ein leises Kratzen.

Er kam näher und näher als plötzlich ....

... eine junge Katze fauchend an ihm vorbei lief und ein weiterer Deckel der Mülltonnen krachend zu Boden viel.

„Oh verdammt!", keuchte er. „Jetzt fange ich schon an Ilena in dunklen Ecken hinter Mülltonnen zu suchen. Das ist vollkommen absurd."

Er hob den Deckel der Mülltonne auf und legte ihn gerade auf die Mülltonne als er etwas auf dem Boden funkeln sah.

„Was ist das denn?". Max kniete sich auf den Boden neben den Tonnen und hob den Gegenstand auf. Er drehte ihn in der Hand, bis er etwas Licht einfangen konnte.

Es war ein herzförmiger Anhänger aus Gold.

Er hatte einen Durchmesser von ungefähr einem Zentimeter. Auf der Vorderseite hatte er eine kleine Gravur, einen Buchstaben.

Es war ein kyrillisches „i".

„Ilena.", dachte Max.

Er hatte sie am Strand nach der Bedeutung des Zeichens gefragt. Er vermutete, es handelte sich dabei um ein altes thrakisches Symbol. Ilena hatte gelacht und darauf hin das kyrillische Alphabet mit den deutschen Buchstaben darunter in den Sand gemalt:

а б в г д е ж з и й к л м н о
a b w g d e sh s i j k l m n o

п р с т у ф х ц ч ш щ ъ ь ю я
p r s t u f ch z tsch sch scht e ju ja

„Meine Mutter hat sie mir geschenkt, als ich noch ganz klein war" , hatte sie ihm erklärt.

Max wußte nicht, was er denken sollte.

Hatte sie die Kette einfach nur verloren?

Aber wo war sie dann? Suchte sie vielleicht nach dem Anhänger und war deshalb nicht zu finden?

„Ich muss zur Polizei gehen." Max lief zum Parkplatz, dort fiel ihm ein, dass er sich gar nicht verständlich ausdrücken konnte und Ilena auch erst ein paar Stunden überfällig war.

„OK! Dann eben zurück zum Professor. Vielleicht hat sich dort schon etwas ergeben."

Max spurtete im Dauerlauf über die Aleksandrowska zum Busbahnhof zurück.

Er hatte Glück. Ein Bus stand auf vor dem Halteschild nach Pomorie. Er sprang hastig am Fahrer vorbei und war ganz außer Atem, als er sich in der dritte Reihe auf einen freien Platz setzte.

Der Busfahrer startete den Bus und fuhr über die Autobahn Richtung Pomorie.

Kapitel 24

Professor Lasarov saß neben dem Telefon als Max völlig außer Atem durch die Eingangstür stürzte.

„Was ist los, Max?"

„Hier, das habe ich bei den Mülltonnen in der Nähe des Parkplatzes gefunden." Er streckte dem Professor den Anhänger entgegen, den er gefunden hatte.

„Das ist Ilenas Anhänger!" Lasarov blickte Max erschrocken an. „Was ist passiert?"

„Keine Ahnung!" Max schnaufte immer noch sehr schwer.

„Wir müssen zur Polizei gehen!"

„Die Polizei wird nichts tun. Ilena ist erst seit kurzem verschwunden."

„Aber wir müssen etwas tun! Rufen sie die Krankenhäuser an, vielleicht hat sie jemand dort eingeliefert."

„Ich habe eine bessere Idee. Der Professor konnte wieder klarer Denken. „Ich versende eine Massenmail mit einem Foto von Ilena an alle Krankenhäuser und Ärzte, die ich im Internet finden kann. Danach rufe ich alle Freunde und Bekannte von ihr an. Je mehr Leute wir erreichen, desto größer ist unsere Chance auf Erfolg."

„Gut so machen wir das!" Max holte den Laptop aus seinem Zimmer, schloss das Modem an die Telefonleitung und legte los.

Kurze Zeit später drehte er den Bildschirm zum Professor.

„Sie können jetzt auf ihrem Emailaccount einloggen."

Lasarov gab seinen Usernamen und das Passwort ein und stutzte.

„Was ist?"

„Ich habe eine Email von Ilena@thundermail.bg bekommen". Er öffnete die Email und las laut vor:

„Wir haben ihre Tochter. Es wird ihr nichts passieren, wenn sie meine Forderungen erfüllen.

Keine Polizei.

Übersetzten sie die Symbole im Anhang und senden sie die Ergebnisse zurück an diese Emailadresse, dann werden wir ihre Tochter freilassen."

„Was?" Max schaute den Professor fassungslos an.

„Die haben Ilena entführt, damit wir ein paar blöde Symbole übersetzen?"

„So sonderbar es klingt, genau so scheint es zu sein." Lasarov las die Email immer wieder.

„Was sind denn das für Symbole, die es Wert sind, jemanden dafür zu entführen?" Max konnte die ganze Geschichte immer noch nicht so recht glauben.

Der Professor öffnete den Anhang und beide starrten auf die Symbole auf dem Bildschirm des Rechners.

„Sieht irgendwie ägyptisch aus." Lasarov runzelte die Stirn und kämpfte gegen die Beklommenheit, die begann in ihm aufzusteigen.

„Einige Symbole kenne ich, aber die Meisten sind mir fremd. Es scheint auch einiges zu fehlen. Sehen sie dort!".

Max zeigte auf eines der Symbole.

„Das könnte mal ein Herrschersymbol gewesen sein, aber es ist nicht vollständig. Selbst wenn wir das ganze übersetzen könnten, was ich bezweifle, ohne Bezug ist das weder zeitlich noch auf andere Weise zu deuten. Und die scheinen sich in der Adresse geirrt zu haben."

„Wie meinst du dass?"

„Die Symbole sind wahrscheinlich ägyptisch, aber sie sind ein Experte für die alten Thraker. Warum hat man sie ausgesucht? Das macht überhaupt keinen Sinn."

„Da hast du recht, aber wir müssen Ilena helfen. Kann Tim uns vielleicht weiter bringen?"

„Tim? Hoffentlich! Ich werde ihm das Ganze sofort mailen."

 Er schnappte sich den Rechner und sendete Tim eine Email.

Sekunden später war eine Antwort da.

„Oh nein! Das ist eine automatische Rückantwort." Max sah schlug das Herz bis zum Hals. „Tim ist schon auf dem Weg nach London, um an der Adventure -WM teilzunehmen."

Ein Gewitter ungelöster Probleme tobte in Lasarovs Kopf.

„Können wir ihn da irgendwie erreichen?"

„Ich wüßte nicht wie!" Max mahnte sich zur Ruhe und versuchte eine andere Möglichkeit zu finden.

„Der Einzige, der das vielleicht noch übersetzen kann, ist

Professor Steinmann."

„Steinmann ...? Den kenne ich. Er ist eine Kapazität auf seinem Gebiet. Er hatte auch die Idee jemanden als Praktikanten zu schicken."

„Moment!" Max zögerte kurz. „Sie haben doch eine Ausschreibung ins Internet gestellt?"

„Das ist doch alles unwichtig!" Lasarov verlor seine Fassung. „Jemand hat Ilena entführt und wird sie umbringen, wenn wir das nicht übersetzen können". Er wischte sich mit einem Tuch eine Träne aus dem Auge.

„Entschuldigung!" Max versuchte den Professor zu beruhigen. „Ich versuche meinen Professor in Deutschland zu erreichen. Nur, was sage ich ihm? Ich kann ihm wohl schlecht die Wahrheit erzählen."

Lasarov überlegte kurz. „Ich werde ihn anrufen. Er wird mir weniger Fragen stellen. Wie kann ich ihn erreichen?"

„Ich habe nur seine Nummer in der Universität. Vor morgen Früh wird er dort aber nicht auftauchen. Und ihn ohne gute Erklärung mitten in der Nacht zu Hause aus dem Bett zu klingeln, ist wohl auch nicht besonders klug."

„Dann bleiben nur du und ich, Max". Er schaute Max beschwörend in die Augen. „Wir müssen bis morgen früh alles versuchen und wenn wir nicht weiterkommen, muss ich Steinmann anrufen! Es geht um Ilena."

Max schaute verzweifelt auf die Symbole, deren Bedeutung anscheinend ein Menschenleben wert war.

„Das ist das Symbol für Tod ...

Das heißt in Verbindung mit diesem Symbol könnte es auch Stadt der Toten heißen" Er öffnete eine Datei auf seinem Rechner und in einem kleinen Fenster erschienen Symbole und ihre Bedeutung.

„Damit arbeite ich, wenn ich ohne Tims Hilfe Übersetzungen machen muss", erklärte er dem Professor.

„Gut, mach weiter!", Lasarov war wieder etwas ruhiger.

„Ich würde es so übersetzen ..." Er nahm einen Kugelschreiber und notierte alles auf einen Zettel.

„... wurde gebracht in die Stadt der Toten ...

Dieses Symbole heißt Weg ...

... also ...

... dieser Weg führt in die Stadt der Toten."

„Werden genauere Ortsangaben gemacht?"

„Ja, dieses Symbol steht für ein phonetisches „N" oder Wasser und das nachfolgenden Symbol für Gebiet oder Stadt."

„Also Stadt am Wasser." Lasarov wartete gebannt auf die Bestätigung von Max.

„Ja, das müsste stimmen. Das Problem sind die nächsten Symbole. Ich kann sie nicht in meinem Programm finden."

„Sind dort alle ägyptischen Symbole gespeichert?"

„Alle die bisher gefunden wurden."

„boshe,boshe!¹⁸" Wütend schlug der Professor mit der Faust auf den Tisch.

„Wir müssen die Sache anders angehen." Max versuchte sich

zu konzentrieren. „Jemand ist davon überzeugt, dass sie die Symbole übersetzen können, weil ...“

„... weil jemand denkt, dass ich so etwas schon mal übersetzt habe ...“, ergänzte der Professor.

„Die thrakischen Steinplatten!“ Max fiel es wie Schuppen von den Augen.

„Woher kann jemand davon wissen?“

Kapitel 25

✿

„Kluger Junge!" Todors Auftraggeber hörte jedes Wort aus dem Haus in seinem Kopfhörer. Todor hatte gute Arbeit geleistet und die Abhörvorrichtung funktionierte wie ein schweizer Uhrwerk.

Er hatte seit fast einem Jahrzehnt vergeblich versucht, hinter die Bedeutung der Symbole zu gelangen.

Vor fünf Jahren hatte er geglaubt, die Übersetzung geschafft zu haben.

Er hatte eine Expedition auf eigene Kosten zusammengestellt und sich nach Ägypten begeben, um nach dem Grab des Königs Tiras zu suchen.

Wochenlang hatte er Ausgrabungen durchführen lassen, ohne auch nur einen kleinen Hinweis auf das Grab des Königs zu finden.

Die Expedition war gescheitert und er finanziell ruiniert.

Der Zufall wollte es, am Tiefpunkt angekommen, Victor getroffen hatte. Er hatte von seinem Desaster gehört und bot ihm ein Geschäft an.

Es war zu schön.

Todor fand die Schwachstellen seiner Gläubiger und Victor sorgte dafür, dass sich die restlichen Verbindlichkeiten in Luft auflösten. Als Gegenleistung musste er bei seinen offiziellen Ausgrabungen in Ägypten die Diamanten aus Sierra Leone entgegen nehmen und in Artefakten nach Europa schmuggeln. Er war damals am Ende und froh, diesen Ausweg zu haben. Es handelte sich schließlich nicht um Drogen, sondern nur um ein paar Diamanten. Niemand kam dabei zu schaden. Dann kam der Zufall ihm ein weiteres mal zur Hilfe. Eines Tages bekam er eine Anfrage aus Bulgarien. Professor Lasarov wollte wissen, ob der Name des Königs Tiras oder Tzer jemals auf ägyptischen Artefakten gefunden worden war. Er war der Ansicht, dieser König könnte Thraker gewesen sein.

Um an weitere Informationen zu kommen, musste er einfach nur eine Praktikumsstelle bei Lasarov schaffen. Die Praktikumsarbeit musste er nur noch durchsehen und er wäre bestens informiert gewesen. Dann kam das Unerwartete. Niemand bewarb sich um die Stelle, außer Max Ritter, dessen fachliche Arbeiten gerade dazu reichten, nicht durchzufallen.

Er musste sich also selbst auf den Weg machen, um einen Überblick zu bekommen und das war gut so. Wer hätte gedacht, das Max mit Hilfe seines Freundes den Durchbruch für Lasarov bedeutete. Der Zufall hatte ihn also wieder näher an sein Ziel gebracht.

Dass dieser Tim gerade jetzt nicht erreichbar war und Max ohne ihn nicht weiterkam, war ein herber Rückschlag, aber es gab noch Hoffnung.

Wenn Max und der Professor bis Morgen früh nicht

weitergekommen waren, würden sie ihn, Professor Steinmann um seine Mithilfe bitten.

Solange er Ilena hatte, würde der Professor versuchen ihm zu helfen. Er wäre immer einen Schritt voraus und niemand würde ihn verdächtigen.

Ein Gefühl des Triumphes stieg in ihm auf. Er war wieder auf dem Weg, das Grab zu finden. Es war ihm so, als ob das Schicksal ihn dazu auserwählt hatte.

Er würde in die Geschichte der Archäologie eingehen, wie Howard Carter, nachdem er das Grab des Tutenchamon entdeckt hatte.

Er wäre auf einen Schlag berühmt. Er würde Bestseller schreiben und als gefragter Redner gesellschaftliche Anerkennung erfahren.

Seine Tätigkeit als schlecht bezahlter Professor, der durchschnittlich begabten Studenten die immer gleichen Fragen beantwortete, wären dann endgültig vorbei. Er müsste dann auch keinen Geschäftsleuten mehr bei ihrem langweiligen Smalltalk auf Empfängen zuhören, nur um sie als Sponsor für die Universität zu gewinnen. Sie waren genau so lächerlich wie Zahnärzte, die sich Bilder junger Künstler als kostenlose Leihgabe in ihre Praxis hingen, um sich abends mit befreundeten Gymnasiallehrern als kultivierte Kunstliebhaber zu feiern.

Er verachtete diese Menschen und konnte nicht verstehen, wieso einige seiner Jugendfreunde genau so geworden waren. Er dachte über einige solcher Begegnungen nach, während er den Vorgängen im Haus weiter lauschte.

Kapitel 26

*

Professor Lasarov und Max hatten seit einer Stunde frustriert Löcher in die Luft geschaut.

„Wir müssen umdenken!" Lasarov dachte laut nach. „Wir machen das genau wie bei der thrakischen Steinplatte, nur umgekehrt." Er wendete sich an Max. „Wir nehmen uns jedes der unbekannten ägyptischen Symbole vor und suchen nach Übereinstimmungen mit den thrakischen Symbolen."

„Wir kennen aber die Bedeutung der thrakischen Symbole nicht!" Max hob fragend seine Augenbrauen.

„Das nicht, aber die unbekannten ägyptischen Symbole beschreiben anscheinend den Weg zu einem Ort. Thrakische Symbole sind meist lokal begrenzt. Wenn wir genug Symbole haben ......

„... können wir das Ziel wahrscheinlich lokal einordnen!" Max beendete den Satz des Professors.

„Genau!"

Lasarov sprang auf und kramte in seinem Aktenordner nach einem Blatt und reichte es weiter an Max. „Hier sind alle thrakischen Ornamente und Symbole drauf, die bisher gefunden wurden.

Max schaute Reihe für Reihe der Aufzeichnungen des

Professors durch und verglich es mit dem ersten unbekannten ägyptischen Symbol.

„Wenn man es sich vereinfacht vorstellt, könnte es dieses dort sein." Max deutete mit seinem Zeigefinger darauf.

„So etwas haben wir bisher nur an den Küsten gefunden." Lasarov schöpfte ein wenig Hoffnung.

„Ok, nun das nächste Symbol. Sieht aus wie eine Sonne mit einem Tempel darauf. Max suchte einige Minuten lang die Reihen nach einem ähnlichen Symbol ab.

„Nichts, das Symbol ist nicht dabei!"

„Schau dir mal das hier an!" Lasarov hielt Max ein Foto von einer Kette mit einem goldenen Anhänger hin.

„Sieht dem Symbol verdammt ähnlich. Woher stammt das?"

„Aus der äneolithischen Nekropole von Varna. Dieses Gräberfeld befindet sich ungefähr vier Kilometer vom Zentrum der Stadt und fünfhundert Meter nördlich vom Ufer des Sees."

Max war beeindruckt. „Wir sollten aber sicherheitshalber noch ein Symbol suchen." Er schaute auf den Bildschirm seines Rechners und suchte das nächste Symbol. „Hier! Ich glaube ich habe es gefunden!" Er schaute den Professor aufgeregt an.

„Äneolithische Nekropole bei Varna!" Er umarmte Max väterlich. „Wir müssen sofort den Entführern antworten, dann kommt Ilena hoffentlich bald frei."

Kapitel 27

*

„Das glaube ich nicht!" Steinmann hatte soeben seinen Plan wie ein Kartenhaus zusammenbrechen sehen. Er hatte es nicht für möglich gehalten, das Max und Lasarov aus den Symbolen einen genauen Ort rekonstruieren konnten. War das möglich? Er hatte das Grab immer in Ägypten vermutet, es handelte sich schließlich um einen ägyptischen Herrscher, auch wenn er vielleicht aus Thrakien stammte. Seine Gedanken wirbelten wild durcheinander.

Er versuchte sich zu beruhigen und die Fakten neu zu ordnen.

Wenn Tiras wirklich aus Thrakien stammte und seine Kultur mit nach Ägypten brachte, als er dort Herrscher wurde, war es theoretisch möglich, das er nach seinem Tod wieder in seine Heimat gebracht und beerdigt wurde.

Er musste etwas tun. Sie kamen ihm immer näher auf die Spur und er würde erklären müssen, wie er auf das Grab eines ägyptischen Herrschers in Bulgarien gekommen war. Es war unmöglich dort Ausgrabungen zu veranstalten, ohne das Lasarov in ihm den Entführer seiner Tochter erkannte.

„Lasarov muss verschwinden, genauso wie Max und Ilena". Doch vorher mussten sie ihn zum Grab führen.

Er nahm sein Mobiltelefon und wählte Todors Nummer.

„Bring die Kleine zu mir nach Pomorie. Ich warte am Parkplatz vor dem thrakischen Hügelgrab auf euch. Hast du eine Waffe hier im Lieferwagen?"

Er hörte Todors Antwort, legte auf und öffnete das Handschuhfach.

„Es gibt keine andere Möglichkeit." Er schnappte sich die Waffe und sprang aus dem Wagen.

Vor dem Haus des Professors lud und entsicherte er die Pistole, so wie Todor es ihm am Telefon kurz erklärt hatte.

Nervös und bis zum Zerreißen gespannt schlug er mit der Faust an die Tür an Lasarovs Haus.

Einen Augenblick später schaute Lasarov fassungslos in die Mündung einer Pistole die Steinmann auf ihn richtete.

„Was soll ...." Professor Lasarov konnte seinen Frage nicht mehr beenden.

„Still! Ins Haus .... sofort!" Steinmann schubste Lasarov in die Wohnküche, wo Max noch an seinem Laptop saß.

„Professor Steinmann ... ich ...." Max verstand die Welt nicht mehr. Sein deutscher Professor stand mit einer Pistole vor ihm und bedrohte ihn und Lasarov.

„Wo ist meine Tochter ? Ich habe alles getan, was sie verlangt haben."

„Mitkommen! ... Alle beide." Er deutete mit der Waffe Richtung Tür. „Wir fahren jetzt zu ihrer Tochter. Machen sie was ich ihnen sage."

Max und Professor Lasarov gingen vor Steinmann aus dem

Haus, der die Pistole mit einem Handtuch aus der Küche leicht verdeckte, um nicht aufzufallen.

„Zum Lieferwagen! ..... Los. Er trieb beide zum Lieferwagen.

„Du fährst!", schnauzte er Max ins Gesicht.

Steinmann zwang Lasarov auf die Beifahrerbank und quetschte seinen Körper zwischen ihn und die Beifahrertür.

„Zum Hügelgrab kurz vor Pomorie!" Er fuchtelte mit der Waffe vor sich herum.

Max startete den Lieferwagen und lenkte den Wagen durch die Strassen.

„Ich verstehe das nicht. Warum tun sie das?"

Steinmann schwieg und schaute auf die Strasse.

Minuten später parkte Max den Wagen auf dem Parkplatz vor dem Hügelgrab.

„Wo ist Ilena?" Lasarovs Augen suchten die umliegende Gegend ab.

„Dort kommt sie!" Steinmann zeigte auf einen ankommenden Lieferwagen, während er die Beifahrertür öffnete. „Aussteigen!"

Alle drei gingen zum Lieferwagen, der wenige Meter vor ihnen mit laufendem Motor wartete.

„Ist die Kleine hinten im Wagen?"

„Da!" Todor stellte den Motor ab und stieg aus.

„Schließ Beide hinten bei der Kleinen ein. Wir machen einen Ausflug."

Todor entriegelte die Tür des Lieferwagens und schob sie

nach hinten.

„Ilena mein Kind." Lasarov und Max stürzten beide zu Ilena, die gefesselt auf dem Boden lag.

"Ilena, wie geht es dir?" Max zog ihr die Augenbinde vom Gesicht.

„Vater! Max! Ich bin so froh euch zu sehen!" Ilena hatte Tränen in den Augen.

Mit einem Krachen flog die Tür hinter ihnen zu und sie hörten, wie jemand die Verriegelung zuschloss.

Der Wagen startete und raste auf und davon.

„Was ist eigentlich los?" Ilena sah abwechselnd zu ihrem Vater und Max, während beide versuchten ihre Fesseln zu lösen.

„Mein deutscher Professor steckt hinter dem Ganzen." Max versuchte, das Klebeband von ihren Füssen zu lösen.

„Dein .... was? Aber warum?

„Das weis ich auch nicht." Max hatte es endlich geschafft. Ihre Beine ware wieder frei.

Ilenas Vater befreite ihre Hände und schaute ihr danach fest in die verweinten Augen. „Hat er dir irgendwas getan?"

„Nein. Er hat mich nicht angerührt." Sie nahm die Hand ihres Vaters und drückte sie fest an sich.

„Wir müssen hier raus." Max rüttelte an der verschlossenen Tür.

Nichts bewegte sich.

Er suchte die Ladefläche ab, irgend etwas Brauchbares

musste es hier doch geben. Er tastete jeden Zentimeter mit seinen Händen ab, fand aber nichts, was er irgendwie gebrauchen konnte. „Verdammt! Irgendwas müssen wir doch tun können, um hier raus zu kommen." Er atmete tief ein und setzte sich resignierend neben Ilena. „Wo fahren die nur hin?"

„Ich denke nach Varna." Professor Lasarov sah nachdenklich vor sich hin.   „Wir sollten für Steinmann den Ort finden, der in dem ägyptischen Text war. Er dachte wahrscheinlich, es sind geografische Beschreibungen. Ohne Herrschersymbol oder nähere Angaben hätten wir damit nichts anfangen können. Er konnte nicht wissen, das thrakische Symbole teilweise lokal begrenzt auftauchen und wir so auf die Nekropole bei Varna gestoßen sind."

„Was will er dort?" Ilena konnte es noch immer nicht verstehen.

„Ein Grab." Max ging ein so langsam ein Licht auf. „In dem Text war von der Stadt der Toten die Rede, von einer Nekropole. Nur wessen Grab?"

„Das Grab von Tiras." Lasarov war sich sicher. „Steinmann suchte das Grab von Tiras. Ich schickte Anfragen nach diesem Namen in die ganze Welt. Er machte mir das Angebot einen Praktikanten zu schicken, dich ..." Er fixierte Max mit seinen Augen. „ ... und brauchte nur noch abzuwarten bis ..."

Max fiel im ins Wort. „Moment, ich habe mit der Sache nichts zu tun, ehrlich."

Max hielt dem durchdringenden Blick Lasarovs stand. „Ich habe die Stelle durch Zufall im Internet gefunden. Außerdem konnte Steinmann ja nicht wissen, dass wir mit Tims Programm auf einmal Beweise dafür hatten, dass eine kulturelle Verbindung zwischen den alten Thrakern und den Ägyptern existierte."

„Er wußte aber von der Geschichte, kurz nachdem wir sie entdeckt hatten." Lasarovs Ton wurde schärfer.

„Vielleicht wurde wir abgehört, was weis ich. Wenn ich mit Steinmann unter einer Decke stecken würde, warum bin ich dann wohl hier gefangen?" Max reckte wütend seine Arme in die Höhe.

„Vater, Du glaubst doch nicht wirklich, dass Max was damit zu tun hat." Ilena hatte die ganze Zeit das Gespräch schweigend mit angehört. Sie glaubte nicht daran, dass Max etwas mit dem Ganzen zu tun hatte.

„Entschuldige." Lasarovs Ton wurde wieder etwas ruhiger. „Ich glaube ja auch nicht, dass er etwas damit zu tun hat. Meine Phantasie ist mit mir durchgegangen."

„OK." Max versuchte sich zu konzentrieren. „Steinmann braucht uns, weil er auf unsere Hilfe angewiesen ist. Er kann es ohne uns nicht finden."

„Wir wissen aber auch nicht, wo es ist." Lasarov blickte hilflos zu Ilena. „Selbst wenn es wirklich dort ist, die Nekropole ist zu groß, um es ohne nähere Angaben zu suchen." Er schüttelte ratlos mit dem Kopf und versuchte sich daran zu erinnern, was er über die Nekropole wußte.

Sie wurde 1972 zufällig gefunden, als ein Baggerführer den Kanal für ein Stromkabel durch das westliche Gebiet von Varna grub.

Die Nekropole selbst galt als Zentrum einer ökonomischen und kulturellen Gemeinschaft, zu der zweifellos auch die unter Wasser liegende Siedlung im Varnasee und einige Andere an der Westküste des Schwarzen Meeres gehört haben. Es wurden dort ein außerordentlicher Reichtum an Metallen wie Gold oder Kupfer gefunden.

Die Arten des Begrabens der Toten in der Nekropole waren sehr unterschiedlich. Eine Variante war es, die Toten mit gestreckten Körpern und auf dem Rücken liegend zu begraben. Desweiteren gab es Skelette mit zusammengelegten Knien und Ellenbogen.

Besonders bemerkenswert war eine Art symbolisches Begräbnis, dabei wurden keine Skelette entdeckt, auch wenn Beerdigungsgaben hineingelegt worden waren. Das Fehlen eines begrabenen Menschen wurde mit einigen Besonderheiten der Kultvorstellung erklärt und in erster Linie damit, dass ein Ritual für ein Mitglied der Gemeinde gemacht wurde, der weiter entfernt im Kampf oder bei der Jagd getötet worden war.

Interessant waren auch die sogenannten „Hocker". Es handelte sich dabei um auf der Seite liegende Körper mit angezogenen Extremitäten. Man war der Meinung, dass bei ihnen die Haltung des Kindes im Mutterleib nachgeahmt wurde. Auf diese Art und Weise drückte man warscheinlich

112

die Vorstellung aus, dass der Mensch aus seinem irdischen Leben so herausgehen sollte, wie er geboren worden war. Wann welche Stellung bevorzug wurde, war bisher nicht geklärt worden.

Die goldenen und kupfernen Gegenstände verteilten sich nicht gleichmäßig auf die Gräber. Der überwiegende Teil befand sich in lediglich vier von ihnen.

„Das ist es!" Er schaute Max und Ilena an. „Ich kann die Suche auf vier Gräber einschränken."

Kapitel 28

❀

Victor Kassjanow erwachte nur langsam, als tauchte er aus der Dunkelheit hinauf ans Licht.

Das Telefon klingelte schrill. Er tastete im Dunkeln nach dem Schalter seiner Nachtischlampe. Blinzelnd schaute er durch sein herrschaftliches Schlafzimmer mit den antiken Möbeln, seinem Mahagoni - Kleiderschrank und seiner hübschen, jungen Frau neben ihm.

Victor hob den Hörer ab. „Ja?"

Es war Grigori. Er erzählte Victor die ganze Geschichte, die sich seit seiner Ankunft abgespielt hatte.

„Er hat was?" Er setzte sich abrupt auf.

Steinmann begann gerade ein Risiko für das zu werden, was er sich seit langer Zeit aufgebaut hatte.

Angefangen hatte alles in den siebziger Jahren. Die Schattenwirtschaft in der Sowjetunion war auf ihrem Höhepunkt.

Mit gefälschten Berichten über die Planerfüllung wurden große Geldsummen für nichtverdiente Löhne, also die Prämien bei Planerfüllung, direkt abgezweigt. Mit diesem Geld kaufte er ausländische Produkte wie Jeans, Kugelschreiber, Hemden und Jacken und verkaufte sie schwarz auf dem Markt weiter, bis er Ende der achtziger

Jahre vom KGB rekrutiert wurde.

Seine Aufgabe war es für die KPdSU große Mengen Gold, Diamanten sowie Antiquitäten und Gemälde der Partei nach Europa zu schaffen.

Später kamen noch Waffen aus Bulgarien dazu und Steinmann war wichtig für den Rücktransport der Diamanten, die er für die Waffen bekam.

„Halt mich auf dem Laufenden." Er beendete das Gespräch und überlegte was Steinmann dazu getrieben haben konnte.

Warum hatte er mit Todors Hilfe drei Menschen entführt und fuhr mit ihnen Richtung Varna.

Er dachte an das Gespräch mit Steinmann.

„Es hat nichts mit ihren Geschäften zu tun, Victor." Dieser Satz war ihm noch sehr gut in Erinnerung.

Steinmann hatte überhaupt keine Ahnung, wie sehr es mit seinen Geschäften zu tun hatte.

Er hatte drei Menschen entführt und musste sie töten, damit sie ihn nicht verraten konnten. Das würde sehr viele Fragen aufwerfen.

Sollte er Steinmann einfach freie Hand lassen und das Risiko eingehen, dass Steinmann erwischt und er mit ihm in Verbindung gebracht wurde?

Wäre es sinnvoller, dass er Grigori anrief und alle beseitigen ließ?

Er wägte innerlich alle Möglichkeiten nach Vor- und Nachteilen hin und her.

Steinmann musste weg. Er war nicht mehr tragbar für die

Aktionen. Er war zu einem unkalkulierbaren Risiko für alle geworden.

Er nahm den Hörer ab und wählte Grigoris Mobilfunknummer.

„Da?" Grigoris Stimme am anderen Ende klang finster.

„Lass alle verschwinden und beseitige gründlich die Spuren." Victor legte den Hörer wieder auf.

Warum hatte ihn Steinmann vor dieser Aktion nicht um Hilfe gebeten. Er hätte sich um die Angelegenheit gekümmert und Alles wäre in Ordnung.

„Dieser Idiot", dachte Victor, „hat sich sein Grab selber geschaufelt."

Todor war ihm immer ein guter Mitarbeiter gewesen, aber er war ersetzbar und deshalb kein großer Verlust für ihn.

Kapitel 29

Grigori folgte dem Lieferwagen in sicherer Entfernung. Steinmann und die drei Geiseln waren schnell zu erledigen, aber Todor war ein gefährlicher Gegner. Beide waren sich schon oft begegnet, aber Grigori hatte nicht viel übrig für diesen Bulgaren.

Er fand ihn primitiv und Victor ließ Todor nur die Drecksarbeit erledigen, um notfalls ein Bauernopfer bringen zu können. Nun war es soweit, der König musste beschützt werden.

Victor hatte Grigori das Schachspielen beigebracht und er liebte die Partien mit ihm. Victor war sein Schicksal. Er nahm ihn überall mit hin, in die feine Gesellschaft, in seine Firmen und zu Familienfeiern.

Victor war sein Mentor und väterlicher Freund.

Seinen richtigen Vater hatte er nie kennen gelernt. Seine Mutter hatte ihn mehr recht als schlecht in den Strassen von Kiew aufgezogen. Mit zwölf Jahren verließ er sie und schlug sich alleine durch.

Diebstähle, Schlägereien und zu viel Alkohol waren sein Alltag, bis er bei einem Überfall auf einem Markt einen Mann erstochen hatte und von der Polizei verhaftet wurde.

Sieben Jahre Gefängnis folgten. Anfangs war es die Hölle für ihn.

Dort gabe es verschiedene Arten von Gefangenen.

Die untersten waren die Ferkel, eine große Anzahl Kleinkrimineller, die für dreckigste Arbeiten heran gezogen, erniedrigt und erbarmungslos geschlagen wurden.

Den Ferkeln übergeordnet waren die Knechte und Kämpfer. Es waren vorwiegend physisch kräftige Häftlinge, die auf Verlangen der Führer ordnende und bestrafende Aufgaben erledigten.

Die höchste Ebene bildeten die „Diebe im Gesetz". Sie waren die Elite der kriminellen Hierarchie und bestanden aus Berufsverbrechern mit Privilegien. Ihnen wurde schon bei Haftantritt ein persönlicher Wärter zugeteilt und ihre Autorität wurde von der Gefängnisverwaltung und den Gefangenen anerkannt. Sie verständigten sich über geheime Codes und waren durch ihre Tätowierungen für jeden erkennbar. Ein grimmig blickender Adler mit weit geöffneten Flügeln und ausgestreckten Klauen war ein Symbol, was nur sie tragen durften.

Victor war so ein „Dieb im Gesetz". Er erkannte seine Fähigkeiten und nach einer Weile wurde er zu seinem „Pakhan". Grigori verteilte für Victor die Aufgaben an einen „Brigardier" und kontrollierte deren genaue Ausführung.

Victor lehrte ihn nach und nach die Gesetze der kriminellen Welt.

Durch die erfolgreiche Zusammenarbeit im Gefängnis

wurde er nach seiner Haft zu Victors rechter Hand.

Er hatte es geschafft und dank Victor kannte er sie alle: Bosis Beresowskij, Michael Friedmann von der Alfa-Gruppe, Alexander Smolenski von der SBS-Agrobank, Rem Wjachirew von Gazprom, Wladimir Gusinski von der Mostbank und Kacha Bendu-Kidze. Sie kontrollierten bis zu neunzig Prozent der russischen Wirtschaft und Victor war stolz darauf, ihnen bei ihrem Aufstieg immer wieder geholfen zu haben. Während der Perestroika gründeten sie mit Parteigeldern Privatbanken oder übernahmen privatisierte Teile der Staatsbanken. Mit deren Hilfe hatten sie sich während der hyperinflation Anfang 1990 ihre erste Dollarmillionen zusammen spekuliert.

Nach und nach erwarben sie über ihre Banken Industriebeteiligungen weit unter ihrem Wert.

1995 gelang ihnen dann dank des damaligen Privatisierungchefs Anatoli Tschubais und des „Aktien gegen Kredit"-Privatisierungsprogramms ein Mega-Coup. Oneximbankchef Wladimir Potanin organisierte in ihrem Namen unter Ausschaltung jedes Wettbewerbes einen Kredit in Höhe von zwei Milliarden Dollar im Austausch gegen die Aktien der zu privatisierenden Betriebe. Bosis Beresowski und Alexander Smolin sicherten sich damit den Mehrheitsanteil an Russlands größter Ölgesellschaft Sibneft.

Grigori hatte großen Respekt vor diesen Oligarchen und Victor gab ihm immer wieder die Möglichkeit, Aufträge für sie zu erledigen. Meist handelte es sich um Auftragsmorde oder Entführungen. Teilweise erledigte er sie persönlich oder leitete sie weiter an Leute wie Todor.

Jetzt war es Zeit, die Zusammenarbeit mit Todor zu beenden.

Er sah, wie der Lieferwagen vor ihm die Stadtgrenze nach Varna hinter sich ließ. In der Ferne leuchtete die Christi - Himmelfahrt - Kathedrale mit ihren hohen goldstrotzenden Kuppeln, die 1886 nach der staatlichen Teilunabhängigkeit fertiggestellt wurde. Er hatte sie vor einigen Jahren besucht und war damals fasziniert von den neobyzantinischen Fresken und der aufwendig geschnitzten Ikonostase. Gewohnt hatte er damals mit Victor auf Schloss Eksimowgrad im Vorort Trakata, acht Kilometer nördlich von Varna. Alexander von Battenberg, der erste deutsche Adelige, der es zum Fürsten von Bulgarien gebracht hatte, erbaute es 1882 im Stil der Neorenaissance.

Im Park spaziert man unter exotischen Bäumen, darunter Palmen und Himalaja-Zedern, und ließ sich die frische Meeresbrise um die Nase wehen.

Auch die Römische Therme und die kleine Wallfahrtskirche der heiligen Gottesmutter mit ihrer wundertätigen Ikone waren interessante Orte, aber der Lieferwagen vor ihm schien ein anderes Ziel zu haben.

Sie verließen den Stadtkern und er folgte ihnen nach Norden.

Kapitel 30

○

Todor parkte den Lieferwagen direkt am Ufer des Varner Sees. Der Mond spiegelte sich auf dem Wasser. Es war totenstill."Genau der richtige Ort für eine Nekropole", dachte er.

„Das sind ja mindestens zweihundert Gräber!" Steinmann war erstaunt über die große Anzahl.

Er hatte Todor während der Fahrt seinen Plan erzählt und einen Preis für das Verschwinden der Drei ausgehandelt. Zwanzig tausend Lewa wollte Todor dafür, damit niemand jemals ihre Überreste findet. Ein guter Preis, wenn man den Ruhm und die Popularität bedenkt, die er für die Entdeckung des Grabes erhalten würde.

Entdecken war eigentlich der falsche Begriff, gefunden war das Grab schon vor Jahren, aber niemand wusste, dass in einem dieser Gräber der erste Herrscher Ägyptens und Begründer der faszinierenden ägyptischen Kultur lag.

Eine Weltsensation.

Er konnte behaupten, den Text allein übersetzt und die Verbindung mit den alten Thrakern gefunden zu haben und niemand würde ihn in Verbindung mit dem Verschwinden eines unbekannten Professors, seiner Tochter und eines deutschen Studenten bringen.

Ein guter Plan.

Er öffnete die Verriegelung der Tür und schob sie auf.

„Rauskommen!", befahl er.

Max verließ als Erster den dunklen Innenraum und half Ilena und Professor Lasarov beim Aussteigen.

„Wo geht es lang?" Steinmann hielt Lasarov eine Waffe ins Gesicht.

„Ich denke hier." Lasarov zeigte mit der Hand auf einen schmalen Trampelpfad, der sich durch das ganze Gräberfeld zu ziehen schien.

Steinmann deutete Ilena und Max mit Waffe an, Lasarov zu folgen. Er lief mit Todor hinter den Dreien.

„Steinmann wird uns töten!" , flüsterte Max und schaute besorgt zu Lasarov. „Wir müssen uns was einfallen lassen!"

„Vielleicht sind beide am Grab etwas abgelenkt und wir können verschwinden!" Lasarov glaubte selbst nicht an seine Worte, wollte aber irgendetwas Positives antworten.

„Ruhe da vorne!" Steinmann hatte das Tuscheln von Max und Lasarov bemerkt, konnte aber nicht verstehen worum es ging.

Lasarov blieb plötzlich vor einem Grab stehen. „In den meisten dieser Gräber wurden keine Skelette gefunden, sondern nur Grabbeigaben. Es könnte sein, dass es sich um einen besonderen Grabritus handelte. Die anderen enthielten zwar Skelette, aber die Grabbeigaben waren nicht so wertvoll, wie bei diesen vier Gräbern". Er zeigte auf vier Gräber, an deren Eingängen auf jeder Seite jeweils eine Maske aufgestellt war. „Diese Masken stellen die Gesichter der Toten da."

„Wie bei den alten Ägypter." Steinmann konnte es nicht fassen.

Nacheinander betraten sie das erste Grab. Vasen mit geometrischen Symbolen, wie Kreis, Halbkugel, Spirale und Zylinder lagen im ganzen Grab verteilt. „Wir wissen fast nichts über die Bedeutung dieser Funde", referierte Lasarov weiter.

„Außer, dass die Person weiblich war!", Max zeigte auf das Skelett.

„Du hast Recht." Steinmann leuchtete mit einer Taschenlampe über das Skelett. „Das ist ein weibliches Becken. Wir sind im falschen Grab. Los, zum Nächsten." Er packte Lasarov an den Schultern und schubste in unsanft zum Grab hinaus.

Max wollte auf Steinmann losgehen, aber Todor kam ihm zuvor und hielt ihm eine Pistole an die Schläfe. „Ganz ruhig, Kleiner", zischte er Max an.

Ilena hob beruhigend die Hände in die Höhe und versuchte eine Eskalation zu verhindern. „Alles in Ordnung!", schrie sie Todor an und zog Max zu sich. Sie blickte zu ihrem Vater, der wieder aufrecht Stand und ihr mit einem Nicken signalisierte, dass alles in Ordnung mit ihm war.

„Los jetzt! Gehen wir!" Steinmann folgte Lasarov aus dem Grab. Ilena und Max gingen vor Todor her, der sich wieder etwas beruhigt hatte.

Vor dem Grab funkelten die Sterne und der Mond leuchtete direkt in die nächste Grabkammer hinein, die Lasarov als Erster betrat.

Vor ihnen lag, in einem gläsernen Sarkophag, ein Körper mit über hundert Goldstücken übersät. In der Rechten hielt er ein goldenes Zepter.

„Oh, mein Gott." Steinmann stürzte ungeduldig zum Skelett und suchte auf dem Zepter nach irgendeinem Hinweis auf Tiras. Seine Finger glitten zitternd über die goldenen Symbole.

„Hier das ist es, das ist das Siegel von Tiras." Er nahm das Zepter und hielt es Lasarov hin, der versuchte das Symbol zu erkennen. Es handelte sich um einen rudimentären Vogel der auf vier senkrechten und einer wagerechten Säule ruhte.

„Es sieht dem Siegel von Tiras, was ich aus Ägypten habe ähnlich", sagte Lasarov in das Zeichen vertieft. „Wenn man es nicht weis, sieht man es nicht, aber die Ähnlichkeit ist wirklich verblüffend."

Kapitel 31

❄

Grigori lag mit einem Nachtsichtgerät zwischen zwei Gräbern in sicherer Entfernung.

Er musste fünf Personen gleichzeitig ausschalten, einer von ihnen war ein professioneller Killer. Er ging im Kopf noch einmal die aktuelle Lage durch. Der bulgarische Professor, seine Tochter und der junge Deutsche waren unbewaffnet. Steinmann hatte zwar eine Waffe, war aber ein Amateur, dem seine Nerven anscheinend blank lagen.

Todor musste unbedingt der erste sein. Wenn er ihn erledigt hatte war der Rest ein Kinderspiel.

Mit dieser Leistung könnte er einmal mehr beweisen, dass er zurecht Victors rechte Hand war. Er hatte schon im Gefängnis seine Kaltblütigkeit unter Beweis gestellt. Damals war er noch nicht Victors „Pakhan". Er war ein „Muschik", einer der sich keiner Gruppe anschließen wollte.

Eines nachts versuchte ihn einer der Ferkel zu vergewaltigen. Er überwältigte ihn, fesselte ihn am Zellenboden fest und sprang solange vom Stockbett auf ihn herunter, bis sein Brustkorb zertrümmert war. Es war als Warnung für die Anderen gedacht.

Am nächsten Tag wurde er zu Victor gebracht, um seine Strafe zu bekommen. Er hatte ohne Erlaubnis getötet. Victor hätte ihn ohne Probleme auf die selbe Art und Weise hinrichten können, aber er sprach ihn frei, unter der Bedingung, für ihn zu arbeiten. Nach einiger Zeit als Kämpfer wurde er einer der „Brigadiere" und nach einigen Bewährungen zu seinem „Pakhan".

Seit der Zeit im Gefängnis musste er sich immer wieder Victor Gunst erkämpfen und seine Loyalität beweisen. Fehler wurden von Victor nicht geduldet und das war auch der Grund seiner Anwesenheit. Steinmann und Todor hatten den Fehler begangen durch die Entführung in Gefahr zu kommen, geschnappt zu werden. Todor hätte vielleicht noch Dicht gehalten, aber Steinmann war ein Weichei. Die Polizei hätte keine halbe Stunde gebraucht und er hätte alles über Victors Geschäfte ausgeplaudert, was er wußte.

Nun musste er handeln und schlich sich langsam näher an das Grab, in das Steinmann und die Anderen gegangen waren.

Dort angekommen verschanzte er sich hinter einem Stein und begann lautlos den Schalldämpfer auf die Mündung seiner Pistole zu schrauben.

Der helle Schein des Mondes fiel direkt in den Eingang des Grabes und er konnte Todor sehen. Er stand mit dem Rücken zu ihm am Eingang des Grabes und rauchte eine Zigarette.

Dahinter sah er Steinmann und Lasarov über etwas gebeugt, was nicht zu erkennen war. Das Mädchen und der junge

126

Deutsche waren nur schemenhaft zu erkennen. Sie standen etwas weiter hinten in der Höhle und das Mondlicht konnte nicht bis zu ihnen vordringen.

Grigori legte seine Hände mit der Pistole auf den Stein, hinter dem er sich verschanzt hatte, damit er besser zielen konnte. Es war wie beim Photographieren. Mit einem Stativ verwackelten die Bilder weniger und ein Schuss aus dieser Entfernung ging ziemlich schnell daneben. Ein Fehltreffer bei Todor könnte tödliche Folgen für ihn haben.

Seine Augen fixierten Todor. Er musste ihn möglichst Nahe am Herzen oder ins Gehirn treffen, um in ohne Gegenwehr auszuschalten. Er entschied sich, auf den Brustkorb zu zielen. Ein Schuss in den Hinterkopf war zwar effektiver, aber die Wahrscheinlichkeit auch größer, nicht richtig zu treffen.

Er versuchte, seine Atmung noch etwas zu verlangsamen. Den Abzug musste er während einer Atempause drücken, damit die Atmung keinen Einfluss auf den Schuss hatte.

Sein Atemfrequenz wurde ruhiger und ruhiger und er zielte auf Todors Brustkorb.

Kapitel 32

✚

„Kann ich mal sehen?" Max nahm das Zepter und schaute auf das vermeintliche Siegel.

„Tiras! Ich habe ihn gefunden." Steinmann blickte euphorisch auf das Skelett. Er strich zärtlich mit seinen Händen über die Glasscheibe, die den Leichnam davor schützte zu verfallen.

Max schaute noch nachdenklich auf das Zepter als ein Schuss die Nacht erfüllte. Er zuckte erschrocken zusammen und sah sich um. Todor ging ohne einen Laut von sich zu geben zu Boden. Seine Augen waren geöffnet und starrten ins Leere.

Steinmann schaute verwirrt zu Todor und versuchte seine Pistole zu greifen, als der nächste Schuss ihn traf. Er schrie laut auf, bevor er von der Wucht der Kugel umgerissen wurde. Leblos blieb er auf der Stelle liegen.

Max zog Ilena und ihren Vater in die äußerste Ecke des Grabes.

„Ist das die Polizei?" Ilena sah irritiert zu Max, der immer noch das goldene Zepter in den Händen hielt.

„Ich glaube nicht. Aber wer auch immer das ist, er hat uns wahrscheinlich das Leben gerettet." Lasarov versuchte aufzustehen, als Max ihn zurückhielt. „Oder versucht uns auch noch zu erschießen. Wir bleiben erst mal in Deckung und ich versuche ...", Max angelte mit dem Zepter nach der Pistole, die Steinmann fallen gelassen hatte, „... an die Waffe zu kommen."

Ein erneuter Schuss war zu hören, die Kugel zischte an Max vorbei und riss ihm das Zepter mit voller Wucht aus der Hand. „Oh verdammt !" Max sprang

mit einem Satz wieder in Deckung. „Der will uns genauso töten, aber warum?"

Ilena kauerte ängstlich in den Armen ihres Vaters. Erst wurde sie entführt und jetzt versuchte man sie zu erschießen. Das war alles ein bisschen viel in so kurzer Zeit.

„Gibt es einen anderen Weg hier raus, Professor?"

„Ich weis nicht! Ich glaube nicht, außer ..." Lasarov blickte zu einer Öffnung in der Wand, „... in einigen Gräbern hat sich in der Römerzeit ein Ritus in alten Gräbern durchgesetzt, bei dem die Urnen in solche Öffnungen gestellt wurden, um die Seele zum Himmel aufsteigen zu lassen. Eigentlich muss diese Öffnung nach oben führen."

„Wie im Grab bei Pomorie, aber ich passe da nicht durch." Max verglich die schmale Öffnung mit seinem Körperdurchmesser.

„Aber ich!" Ilena nahm allen Mut zusammen. „Ich versuche Hilfe zu organisieren! Bleibt ihr einfach nur in Deckung und wartet auf mich." Ilena kroch vorsichtig in die Öffnung und verschwand.

„Ich versuche nochmals an die Waffe zu kommen." Max

versuchte noch einmal vergeblich mit einer länglichen Vase an die Waffe zukommen. Frustriert zog er sich zu Lasarov in die Ecke zurück.

Kapitel 33

❀

Grigori hatte schon seit einigen Minuten keinen Laut aus dem Grab gehört. Er sah Todor und Steinmann im Licht des Mondes tot am Boden liegen. Jetzt musste er sich noch um die drei anderen kümmern. Anschließend musste er die Leichen einfach in Todors Lieferwagen legen und in einer abgelegenen Gegend anzünden. Niemand in Bulgarien kümmerte sich um irgendwelche Feuer. Autoreifen, Lacke und alter Schrott wurden auf diesem Wege entsorgt. Jeden Tag konnte man solche Feuer brennen sehen.

Vorsichtig verließ er seine Deckung und ging mit vorgehaltener Waffe zum Eingang des Grabes.

Mit dem rechten Fuß entfernte er Todors Waffe, die immer noch in der Nähe seiner Hände lag. Todor Augen waren weit aufgerissen und aus seinem Mund ran Blut auf den Boden.

Er war eindeutig tot.

Steinmann lag mit dem Rücken zu ihm. Seine Waffe lag am Boden.

Um bei Steinmann auch sicher zu gehen schoss er ihm zweimal kurz hintereinander in den Rücken.

Nichts. Steinmann war auch Tod.

Er ging weiter in die Höhle und sah Max und Lasarov

in einer Ecke kauern.

„Wer sind Sie und warum wollen Sie uns umbringen?"
Lasarov hob die Arme und sah Grigori eingeschüchtert an.

„Das hat nichts mit ihnen zu tun. Sie sind ein
Kolateralschaden." Grigori suchte mit seinen Augen nach
Ilena, konnte sie aber nicht finden. „Wo ist die Kleine?"

„Sie ... äh ... sie ist ... äh". Lasarov blickte verzweifelt zu Max.

„Sie ist vor Schreck ohnmächtig geworden und liegt dort
hinten", log Max und zeigte auf eine dunkle Ecke weiter
hinten im Grab.

„Vorgehen. Los!" Grigori deutete mit der Pistole auf die
dunkle Ecke.

Lasarov und Max gingen wie in Zeitlupe vorne weg. Grigori
folgte ihnen.

Ein helles Krachen ging durch das Grab. Max und der
Professor drehten sich erschrocken nach hinten. Grigori lag
am Boden, über ihm stand Ilena gebeugt und hatte noch den
Rest der alten Vase in der Hand, die sie ihm über den
Schädel gezogen hatte.

Sie hatte es nicht fertig gebracht einfach weg zu laufen. Bis
sie mit der Polizei wieder zurück gewesen wäre, hätten ihr
Vater und Max tot sein können.

„Schnell, wir müssen von hier weg", forderte sie die Beiden
auf.

Max nahm die Pistole, die neben dem Grigori lag und lief
hinter Ilena und ihren Vater her, die das Grab bereits im
Eiltempo verlassen hatten.

Sie liefen zurück zu dem Lieferwagen, in dem Todor sie entführt und hier her gebracht hatte.

Max stieg ein und versuchte, den Wagen zu starten. Der Schlüssel steckte, aber er gab aus Nervosität zu viel Gas und der Motor versoff immer wieder.

„Was ist? Wir müssen hier weg!" Der Professor und Ilena hatten sich auf die Beifahrerseite gesetzt und schauten ihn nervös an.

„Ja doch!" Max atmete tief ein. Er wartete einen Augenblick und versuchte erneut den Motor zu starten.

Es klappte.

Mit Vollgas lenkte Max den Wagen wieder auf die Strasse und fuhr Richtung Varna.

Kapitel 34

❀

Ilena und Max saßen am Strand und schauten in der Ferne über das türkisblaue Wasser des Meeres.

Es war drei Tage her, seit sie mit dem Leben davon gekommen waren.

Die Polizei war sofort zur Nekropole gefahren, nachdem sie auf dem Revier alles erzählt hatten. Steinmann und der Bulgare wurden tot aufgefunden, aber der Dritte, den Ilena mit der Vase niedergeschlagen hatte, war spurlos verschwunden.

Die Beschreibung, die sie der Polizei geliefert hatten, war auch nicht sonderlich vielversprechend. Mittelgroß, schlank, schwarze Kleidung und ein osteuropäischer Akzent waren nicht gerade das, was die Polizei auf eine heiße Spur führen konnte. Das Gesicht konnten sie im Grab nur schemenhaft erkennen und in der Aufregung achtet man auch nicht auf Details.

Den Tag danach hatten Max und Ilena komplett durchgeschlafen, nur der Professor konnte durch die Ereignisse der Vortage keine Ruhe finden und war direkt zur Universität gefahren und hatte den erstaunten Kollegen die Ergebnisse ihrer Forschung erläutert. Kontrovers wurde anschließend darüber diskutiert, ob Gelder für die weitere

Erforschung der Beweise ausgeben werden sollten. Viele Leute blieben trotz der Ergebnisse äußerst skeptisch.

„Wenn ich auf die Steinplatte schaue, kann ich dort auch ein Kochrezept für Hühnersuppe hinein interpretieren", hatte einer seiner Kollegen gespottet. Ein anderer war der Meinung, der Wunsch diese Symbole zu sehen, sei der Vater der Ergebnisse gewesen war. „Oder bei Ihnen der Wunsch es nicht sehen zu wollen", hatte Lasarov ihm geantwortet.

Nach einigen Stunden war es dann soweit, sein Antrag auf Gelder für die weitere Erforschung seiner Theorie wurde mit einer Stimme Mehrheit abgelehnt.

Die Skeptiker hatten wieder mal gewonnen. Enttäuscht war er abends zurück nach Hause gekommen und hatte sich wütend über die Borniertheit einiger seiner Kollegen geäußert.

„Sie haben den Antrag abgelehnt?" Max hatte es nicht glauben wollen. „Was wollen die denn noch?"

„Max, die Archäologie funktioniert nicht wie im Fernsehen. In der Realität ist es ein Politikum. In erster Linie geht es um Geld und Eitelkeiten, danach um Einfluss und erst zuletzt um die Erforschung der wahren Geschichte."

„Jetzt soll also alles vergeblich gewesen sein?" Max wäre am liebsten in die Universität gefahren und hätte Allen gerne so richtig den Kopf gewaschen.

Einer seiner Professoren hatte sie entführt und lag erschossen in einer Leichenkammer. Die Gründe des Täters ließen die Polizei vollkommen im Dunkeln tappen. Die Beweise, die alles ins Rollen gebracht hatten, wurden nicht anerkannt und zu guter Letzt würde sein Vater ihn wahrscheinlich zwingen, aufgrund der ganzen Ereignisse in seiner Bank zu arbeiten.

„Wird er nicht!" Lasarov schaute Max väterlich an. „Ich habe mit deinen Eltern gesprochen. Sie sind froh, dass dir nichts passiert ist. Deine Eltern mussten einsehen, auch in einer Bank ist es möglich, als Geisel genommen zu werden. Dein Vater ist nicht so engstirnig, wie du meinst. Er ist, wie ich, ein Vater, der für seinen Sohn das Beste will und ich habe ihn davon überzeugt, dass du ein großartiger Archäologe sein wirst. Wenn du möchtest, ich habe eine freie Stelle für dich durchgesetzt - hier in Burgas. Mit deiner deutschen Universität gibt es auch keine Probleme. Du musst nur noch zusagen."

„Sie meinen als ihr Assistent?" Die Augen von Max begannen vor Freude zu leuchten.

„Nein, genau genommen bist du dann mein Assistent!" Ilena grinste über beide Ohren. „Und du musst alles machen was ich will."

„Super! Ich werde dir Tag und Nacht zur Verfügung stehen."

„Das will ich hoffen." Ilena küsste Max leidenschaftlich, während der Professor leicht errötet aufstand und die beiden allein im Raum ließ.

Sie hatten den gestrigen Tag Ilenas Zimmer nicht mehr

verlassen und sich leidenschaftlich geliebt. Erschöpft und überglücklich waren sie dann eng umschlungen eingeschlafen.

Vor wenigen Stunden hatten sie üppig gefrühstückt und waren zum Meer gegangen. Max hielt Ilena fest in seinen Armen und freute sich schon auf die kommende Zeit mit ihr und ihrem Vater. Er dachte an den Text, den ihm der Professor zu Beginn gezeigt hatte: „...For the Script of Thrace was of the Ancient Speech, with those imagery signs, which are from Eden ..." Das Meer, die Wälder und die traumhaften Landschaften Bulgariens entstanden vor seinem geistigen Auge. „... Eden!"

Kapitel 35

*

Grigori wartete im Haus von Victor auf den Hausherrn. Er hatte es gerade noch geschafft das Grab zu verlassen, bevor die Polizei dort aufgetaucht war. Die Schmach war groß. Er hatte sich von einer Frau niederschlagen lassen. Die Tochter des Professors hatte seine Pläne vereitelt.

Die Polizei tappte vollkommen im Dunkeln und rätselte über die Motive.

„Grigori!" Victor betrat den Raum und breitete herzlich die Arme aus. Er wußte von der Geschichte und kannte durch seine Informanten bei der Polizei alle Einzelheiten. „Ist alles nach Plan gelaufen?"

„Steinmann und Todor sind tot. Die Anderen sind entkommen, wissen aber nicht worum es geht." Grigori wich Victors Blick aus.

„Also alles in Ordnung aus deiner Sicht! Ja?". Victor kam langsam näher und setzte sich gegenüber von Grigori an seinen Schreibtisch.

Grigori wiegelte sehr genau die nächste Antwort ab. „Niemand wird eine Verbindung zu uns vermuten."

„So, meinst du!" Er stand auf und stellte sich hinter Grigori. Seine linke Hand legte er verzeihend auf Grigoris Schulter. Mit der rechten zog er einen kleinen Revolver aus der

138

Tasche und schoss Grigori in den Hinterkopf. Der Schuss hallte durch das gesamte Haus und rief zwei Bodyguards in schwarzen Anzügen auf den Plan. Sie stürzten mit gezogenen Waffen in sein Büro und versicherten sich, dass Victor unversehrt war.

„Räumt hier etwas auf!" Victor steckte die Waffe in die Tasche seines Designeranzuges und verließ den Raum, während die Herren in den schwarzen Anzügen sich daran machten, Grigoris leblosen Körper zu entsorgten.

ENDE

Wissenswertes:

Über den Ursprung der ägyptischen Kultur in Thrakien
Sämtliche in diesem Roman erwähnten Artefakte, Orte und
Dokumente sind wirklichkeits- bzw. wahrheitsgetreu
wiedergegeben. Die wissenschaftlichen Schlüsse stammen
aus einer Arbeit von Dr. Stephen Guide.

*Über die Platten von Gradehnitsa (5000 v.Chr.) und
Karanovo (4000 v.Chr.)*
Die beiden Platten sind gut erhalten und sind zur Zeit im
Historical Museum in Vratsa und im National Archaeological
Museum in Sofia zu sehen.

Über die Platte von Abydos (3000 v.Chr.)
Die Platte mit der ersten Erwähnung von Tiras wird zur Zeit
im British Museum in London ausgestellt.

Über die Russenmafia
Die in diesem Roman dargestellten Handlungen sind realen
Ursprungs, auch wenn die Personen reine Fiktion sind.

Über Bulgarien
Bulgarien bietet neben einer in Europa einzigartigen Flora
und Fauna eine große Anzahl historischer Schätze. Das
älteste Gold der Menschheit wurde hier gefunden, sowie
eine große Anzahl einzigartiger Artefakte.
Infolge bisher noch nicht geklärter Ursachen hörte diese

hohe Zivilisation gegen Mitte des 4. Jahrtausends v. Chr. auf
zu existieren.

Erst nach einem halben Jahrtausend entstanden an Stelle der
alten Siedlungen im 3. Jahrtausend v.Chr. eine Neue.

Anhang

Häufig gefundene thrakische Schriftzeichen :

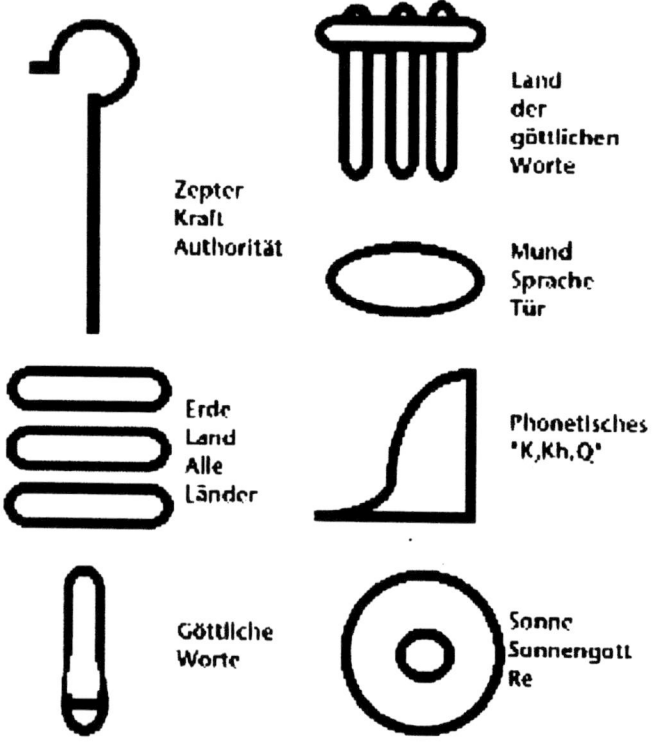

Zepter
Kraft
Authorität

Land
der
göttlichen
Worte

Mund
Sprache
Tür

Erde
Land
Alle
Länder

Phonetisches
"K,Kh,Q"

Göttliche
Worte

Sonne
Sonnengott
Re

Pictografisches Vokabular auf der thrakischen Platte und ihre Ideogramme nach der Klassifikation von Gardiner:

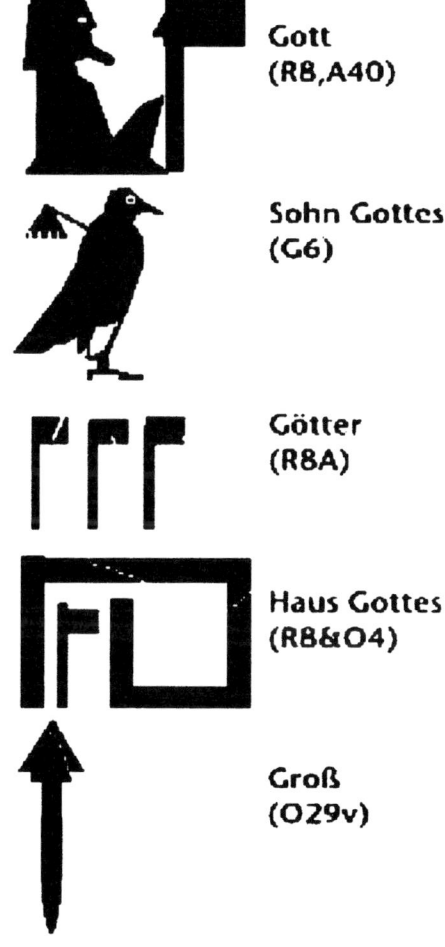

Gott
(R8,A40)

Sohn Gottes
(G6)

Götter
(R8A)

Haus Gottes
(R8&O4)

Groß
(O29v)

Thraker
Megalithischer Tempel
(O199)

Territorium
(F46)

Säulen der Welt
Thrakien (Z2,O133)

Lüge
Unwahrheit
Ungerechtigkeit
(U17)

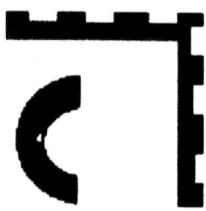

Starke Verteidigung
Schutz
(O14&O119)

Goldzepter aus der Nekropole bei Varna um 3000 v. Chr.:

INDEX

Da ich dem Leser nicht zumuten wollte, sich das kyrillische Aplphabet einzuprägen, sind die Redewendungen in vertrauter lateinischer Lautschrift verfasst worden.